新潮文庫

# アカペラ

山本文緒著

# 目次

# アカペラ

# アカペラ

ママが家出しました。タマや、捜さないでください、ではじまる置き手紙。毎度のことなので最後まで読まないでまるめて捨てました。猫じゃないんだから「タマや」はやめてと物心ついてから何度言っただろう。いいえ、猫ならまだよかったかも。猫なら飼い主がいなくなったらご飯とかトイレとか困るだろうって思ってもらえたかもしれません。

権藤《ごんどう》たまこ、十五歳。問題のある家庭で育ったのに健気《けなげ》でいい子だってよく大人に言われます。そういうとき誤解を解こうと説明しても無駄だと小学生のときにわかったので、ただ笑っておくことにしています。問題のない家庭ってやつがどういうもんかよく知らないし、まあ、確かにうちはちょっと変わった人たちで構成されているかもしれませんが、変わっているなりに問題もルーティンで、なにごとも繰り返されると人は慣れるってものです。ママの家出くらいじゃびっくりしません。びっくりして泣いちゃうどころか、最近はかなりな解放感です。中学最後のゴールデンウィーク後半戦。あの思いこみの激しい、ベクトルの方向が間違っているママがいないなんてうきうきしちゃう始末です。早速お友達に電話なのです。

「あー、たまリン。どうしたあ？」

携帯にかけたので名乗らなくてもよいのです。便利で好きです。

「海キャンプ行けそうになった。遅くなれないけど」

「ほんと？　うれしいけどまさかまた？」

「そのまさかだけど大丈夫。明日しゃべる」

「BGMが聞こえてるけどトモゾウも一緒にくる？」

「置いてって平気。それもしゃべる」

ずっと居るから何時《いつ》でもおいでよと言ってお友達は電話を切りました。今日のBGMは「明日があるさ」です。あしーたがあるう、あしーたがあるー、あしーたがあるうさああ、と音程外れまくった音源とタマコはハモってみました。古い歌らしいけど最近テレビのコマーシャルでよく聞くようになったので、じっちゃんのマイブームソングです。

「トモゾウさん。ママしばらくいなくなったからね。タマコ明日一日出かけるけど、自分とチヨのご飯大丈夫だよね」

「ああ、行っトイレえ、行っトイレえ」

合いの手みたいに言ってからじっちゃんは廊下を横切り、うちわをパタパタさせてトイレに入って行きました。

金田泰造、七十二歳。学徒動員とかには引っかからなかったまだ全然若いタマコのおじいちゃん。政治家だったらひよっこです。トモゾウというのは、タマコとじっちゃんの関係が「ちびまる子ちゃんと友蔵みたい」とお友達の誰かが言って通称となりました。権藤はパパの名字で、つまりはじっちゃんはママのお父さん。パパとママはいい加減離婚した方がいいと十五歳タマコは思いますが「金田たまこ」になるのかと思うと、それはちょっとアレです。かといってパパサイドにつくことはタマコの場合ないでしょう。パパは五年も前から単身赴任で西の地にいて、ここ三年はお正月すら帰ってこないし、タマコは電話で声すら一年以上聞いていません。

でたでたつきがあ、まあるいまあるいまんまるい、とトイレの中のじっちゃんの歌が変わりました。きっといいのが出たのでしょう。ママはじっちゃんの大きすぎる鼻歌が大嫌いで、会社が三連休だったゴールデンウィーク前半戦にストレスためまくったようです。でもこっちだってママが家に居て、頼みもしないのにいやいやご飯作ったり、じっちゃんを闇雲《やみくも》に叱《しか》ってみたり、じっちゃんとパパと会社のグチを熱く語られたりしてとっても疲れましたよ。方便使ってこっそりバイト行ったり布団《ふとん》の中で内職したりで。

ママ、要らない。

すっごく冷たいようだけどタマコの本心です。だから他人から「いい子」だって言われるとお尻《しり》がむずむずするっていうより、片腹痛いんです、ほんとは。

ママはじっちゃんのことボケはじめたって言うけど、赤ん坊の頃から毎日一緒のタマコには全然そうは見えません。もともとああいう人だったと思う。それが歳《とし》とってやや過剰になっただけでしょう。ボケてない証拠に、ママがいなけりゃじっちゃんは料理、洗濯、掃除と家事全般をすいすいこなしちゃうのです。ママが休みで家に居るときなんにもしないのは、じっちゃんなりに気を使っているか、遠回しの嫌味だとタマコは思うですよ。

「まあこさん。昼はビーフンにしないかね」

歌うようにじっちゃんが台所から言ってくる。楽しそう。のびのびしてる。タマコとおんなじ気持ちになってるの、言葉なんかで確かめなくてもわかるんです。

「チヨもビーフンでいいかい？」

ちなみにチヨは飼い猫、めす、七歳。でも猫なのでタマコより年上で人間でいうと四十二歳くらい。つまりママ鏡子とタメです。猫とタメの鏡子はじっちゃんの今のような発言をマジ取りするので困ります。

じっちゃんがビーフン炒《いた》めている間に洗濯機でも回そうかと蓋《ふた》を開けたら、洗い上がって脱水し終わった洗濯物がドラムの壁にはりついていました。ネットにストッキングが数足入っているところを見るとママが回していったのでしょう。干してから家出してほしいです、ママよ。几帳面《きちょうめん》なママは汚れ物とそうでないものを分けて洗うので、洗濯籠《かご》の中を覗《のぞ》くと、靴下やジーンズに混じってじっちゃんのパンツを発見しました。やな女、と思いましたが、じゃあタマコはパパのパンツと一緒に自分のそれが洗われて平気かと自問すると、よくわかりませんでした。わからないことはきっぱり考えません。それがタマコの生きる道です。じっちゃんを見習って鼻歌うたって庭に洗濯物を干します。いい天気。半袖《はんそで》Tシャツから出た腕がお日様あびて充電されるのがわかります。まあこさん、できましたよ、とじっちゃんが縁側から呼びました。

初恋の人の名前だといって、じっちゃんがむりむりに命名したらしい名前なのに、最近じっちゃんはタマコをまあこと呼びます。タマコのお友達がトモゾウと呼びだしたことに対抗しているのでしょうか。だったらまる子だと思うのですが、何故《なぜ》だかまあこです。でも別に何でもいいんです名前なんて。

「まあこさん、あたしも明日出かけるみたいですよ」

台所の食卓で向かい合うと、じっちゃんは他人事《ひとごと》のように言いました。先にチヨがにゃあと返事。私のご飯は？　とでも言いたいのでしょうか、チヨ。

「ゲートボール？　あ、久しぶりに食べるとビーフンうまい」

「女の子はおいしいって言いなさい。老人会から人数が足りないって言われてね。たまには年寄りの相手もいいかもと」

「敬老かもと？」

「かもです」

かもめーがとんーだー、かもめーがとんだー、と歌ってみたのはタマコの方です。じっちゃんのおかげで古い歌謡曲に詳しくなってカラオケ行くとお友達に妙にうけます。げんざいかこみらーい、あの人にあったならあ、と連想ゲームみたいに違う歌に入るじっちゃんは、ビーフンが口からはみ出ていても男前です。タマコがバイト先の古着屋で買ってきたL. L. Beanのボーダーシャツとチノパンが似合っています。どっちも泥が白く乾いてついているのは、朝から庭の草むしりをしたからでしょう。それがまたいい味。なのにママはじっちゃんの服はいつも汚いって言います。自分は雑草一本抜いたことがないくせに。

顔はちょっと長介《ちょうすけ》入ってるけど、ほんとにじっちゃんはほれぼれするほどいい男です。歳のわりに背丈があって肩が骨張っているので何を着せても似合います。タマコの理想の男性です。タマコはじっちゃんみたいな人と結婚したいです。というより、できることならじっちゃん本人と結婚したい。ので、ママが家出するとじっちゃんと二人でのんびりのびのび老夫婦のような空気がかもしでちゃって嬉《うれ》しいったらないのです。お友達にしゃべったらさすがに引かれましたが、そうなんだから仕方ないです。

血がつながっているのが嬉しいのか残念なのか複雑なところ。ばあちゃんはタマコが赤ん坊の頃に、なんかの病気で亡《な》くなっていて、じっちゃんはそれからずっとやもめです。やもめーがとんだあ、やもめーがとんだあ、あなたは一人で生きられるのねえと歌ってみます。

顔の作りはママもタマコも全然じっちゃんに似ていませんが、タマコの手先が器用なところはじっちゃん譲りだと思います。じっちゃんは昔小さな工務店に勤めていて、若い頃はなんでもかんでも木材ぶった切って作ったそうです。昭和三十年というママも生まれていないときに、今住んでいるこの家もじっちゃんが適当に設計して建てたそうです。最初平屋だった家に二階をのっけたのもじっちゃんだそうなので尊敬してしまいます。ちなみにばあちゃんの仏壇もじっちゃんの手作りで、庭の小さい畑もじっちゃん作。なので野菜の旬《しゅん》もタマコは知っています。じっちゃんが椅子《いす》だの机だの自分で作るのを見て育ったタマコは、それならとお洋服を自分で縫うようになりました。まあ、これは欲しいお洋服が買えるほどおこづかいをもらえなかったからで、今ではそれが趣味と実益をかねています。このコンビニエンスな時代になんて自給自足なあたしたち。

「じっちゃん、明日お弁当作るけど、じっちゃんの分も作ろうか」

「おお、作ってくれて」

にっこり笑いあって同時に二人で箸《はし》を置きました。じっちゃんはおべんとおべんとうれしいなあと歌いあげてお日様かんかんの縁側に煙草《たばこ》を吸いにいきました。ご飯を作らなかった方がお茶碗《ちゃわん》を洗うのが当たり前。タマコはスポンジを泡立てながら、そんなことでパパとママが昔けんかをしていたことなど思い出し、くだらない思い出にブルー入っちゃう前に、これっくらいの、おべんと箱に、おにぎりおにぎりちょいっと詰めて、とじっちゃんに負けないボリュームで歌いました。

翌朝起きたら、もうじっちゃんはゲートボールに出かけていて、台所にはじっちゃんが現役時代に使っていた三段重ねの丸い保温型弁当箱に食べ物がぎゅうぎゅう入っていました。一番下はおみそ汁です。昨日の夜、ママがいないのをいいことに夜中までビーズ細工をしていたので寝坊なのでした。急いで水着とタオルをリュックに詰めて、お弁当箱をぶらさげて下り電車に乗りました。行楽へ行く家族連れやいちゃつくカップルをながめ、客観的に考えるとタマコはそれを見てねたみそねみな感情がわいていいはずなのに、何故だかあったかく見守れます。いや守ってはないのですが、うんうんいいねいいねって感じです。まったく言葉ってやつは難しいです。

とにかく海です。大好きです。半島の終着駅で降りてバス停に向かう人々と逆に、遠く光る水平線に向かってキャベツ畑の真ん中をずんずん歩きます。きのうよりもっと夏みたいにお日様ぎらぎらです。あるこー、あるこー、あるくのだいすきい、と自然と鼻歌。幼稚園児のようなタマコです。去年の夏に何度もきたので近道も発見しました。畑の奥の藪《やぶ》に入り込むと岩場に出ます。ふつうの女の子ならひるむ高さでしょうが、タマコはガテン系中学生なので平気です。岩場の下の木陰におっきなレジャーシートが二枚と、その上でお友達数人がまったりしているのが見えました。

「うわ、お前は忍者か」

タマコが岩場の上からポーンとみんなの後ろに飛び降りると驚かれました。にんにん、と笑い、一番仲良しの沙也加《さやか》ちゃんに手を振りました。水着にバスタオルをパレオ風に巻いたサーヤは弾《はじ》けるように立ち上がって駆け寄ってきました。ぎゅうっとハグです。

「このテントなに？」

ここの穴場ビーチに通いつめた去年の夏には一度も登場しなかった、新品ぴかぴかっぽい小さなテントがシートの横にありました。ぽんとできる簡易テント。中一の時のキャンプで貸してもらって使ったことがあります。

「更衣室。横山が持ってきたのサ」

笑っているけど片目いやそうにサーヤが言う。その左目の先に波打ち際《ぎわ》ではしゃいでいる横山とユリちゃんの姿があったので、ああそういうことかと察しました。

「で、使っていいの？」

「使ってくれって持ってきたんだから、使ってやって」

ふうんと呟《つぶや》き中へ入る。もあっと暑い。みんなの荷物が置いてあって、中腰になって水着に着替えました。最初からこんなものは期待していなかったので、着替えやすいようにTシャツ長くしただけみたいなワンピで来たし、特に有り難くはありませんでした。それより、男子は連れてこないと暗黙の了解があったように感じていたのはタマコだけだったのかなと、ちょっと唇とんがる気持ち。

「泳いでくんねー」

水着一枚でテントから出て速攻海に向かってゆくと背中から「水つめたいよー」と大きな声が聞こえました。お前らそれでも水泳部かい、と胸の中だけで反論し、ちっちゃな砂浜からすぐクロールで沖を目指しました。このあたりはほとんど岩場ですぐ水が深くなる、泳げない人には危険ビーチで海水浴客が少ないのです。変に足ついてケガしないように沖に出ちゃった方が楽。入り江になっているので海流もほとんどないし、水もきれい。お魚もちょこちょこいます。一回潜って平泳ぎに変えようとしたら、髪が顔にかかって邪魔でした。そっか、髪を伸ばしてたんだと今更気がつきました。

「ちべたー」

沖に上向いて浮かんで、確かに水が冷たいことを感じながら、でもプールと違って有機物うようよの海水に全身包まれて見上げるお日様は金色です。生き物の中にいる生き物のあたし。ぼーくらはみんないきているう、いきーているからうたうんだーとヤケクソっぽく大声出してみます。あれ、なんでヤケクソなのかしら、タマコ。

しばらく海水とじゃれてからゆっくり泳いで浜辺に戻りました。どーだった？　と聞かれたので腹減ったと答えると「野生児タマコ」と笑われました。サーヤの隣に座って、頭から水滴垂らしたままでじっちゃんの弁当箱を広げます。泳いだあとのおみおつけがごぞうろっぷにしみわたります。

「サーヤもいかが？」

「あ、ごめん。おみそ汁にがてなんだ」

へええ、小学校一年生からの仲良しでも知らないことってあるもんですね。

「なにゴンタマ、そのどでかい弁当箱」

通りかかった同じクラスの横山がからかう口調で言いました。

「じっちゃんのだよ」

「だせー。しかも大食い」

るせえんだよ、あっちいけ、と思ったけれど言いませんでした。タマコとサーヤが黙ってシカトしていたので、横山はすごすごと自分の彼女のところに戻っていきました。二人がつきあいはじめたというのは噂《うわさ》で聞いてはいました。でも目の前でお互いの髪や肩をさわりあっていちゃつく横山とユリちゃんを見るとなんだか不思議な感じです。ねたみそねみではなく、なんという単語を当てはめたらいいのか国語苦手なタマコにはわかりませんでした。

「いいけどさ、デートなら二人でどっかいけばいいのに。ユリちゃん嫌いじゃないけど、見せつけて楽しんで、やな感じ」

なるほど、さすが成績優秀なサーヤは的確に表現するもんです。見せつけられていたとは気がつきませんでした。

「で、ゴンママはまた家出？」

二人きりになれたので、声を落としてサーヤが尋ねてきました。

「そ。いつものことサ」

サーヤが悲しい顔をする。大事なお友達を悲しませるなんてまったくママのばかやろうです。

「トモゾウはどうしてんのサ」

「元気だよ。あのね、最近気がついたんだけど、じっちゃんママがいない方が調子いいんだ。いつも昼間は一人で家にいるじゃん。だから一人の方が慣れてるし楽みたい。ママがぎゃんぎゃん言うのが一番いけないってタマコの結論サ。だからママの家出は大歓迎。内職もはかどるし」

今度はサーヤが「ふうん」と言う番でした。ふに落ちないとき、人は「ふうん」と言ってみるのでしょうか。

「サーヤはスイミング休めたの？」

「うん。ばっくれた。どうせ夏休みは全然休めないしね」

県大会で上から三人目くらいに速く泳げるサーヤは推薦でもう私立高校に入学が内定しています。一応学校の水泳部に籍はありますが、放課後も休みの日も外のスイミングクラブで死ぬほど泳いでいるのです。オリンピックもあながち夢ではないところまできているそうです。でもそれで成績悪いと言われるのがイヤだからとお勉強も人より沢山やっているので、たまに学校で倒れたり吐いたりしています。心配を通り越して尊敬です。なんでもダントツできる人をタマコはリスペクトです。

「たまリンのバイトは？　休めたの？」

「ばっくれじゃなくて店そのものが休みなの。社長が買い付けいってて。でも宿題いっぱい出された」

「すっごいねえ。売れてるんでしょう」

「お誕生日にはプレゼントするざんす」

「買うよー」

「買ったらプレゼントにならんざんす」

中学に入ったとき、なんらかの部活をやらねばならんと校長先生に言われ、とりあえず得意だし水泳部に入りました。その頃はまだ今のバイトもしていなかったし、体を動かしたかったので手芸部という発想はなかったのです。でも中二のはじめくらいからママの家出が頻繁になって、タマコがしっかりしなくちゃモードと、現実的にママが自分のことでいっぱいいっぱいになってタマコの素行に注意が及ばなくなった解放感モードのダブルで、好きで通っていた古着屋さんに歳《とし》をごまかしてバイトさせてもらうようになりました。そこの社長さんに手作りスカートやセーターをほめてもらって、今はタマコ作のアクセサリーや小物を店で売ってもらえるようになりました。これが社長さんをして「びっくらこいた」と言わしめるほど売れてしまい、タマコ嬉し恥ずかしです。でも所詮《しょせん》おいらは素人《しろうと》なので、材料はビーズやきれいなボタンや毛糸です。社長が買ってくれる材料をタマコはつなげたり編んだりして、その売り上げの半分をもらっています。というわけで、社長からガンガン発注がくるのでタマコは部活を手芸部と掛けもちにしました。おとなしげな女の子たちから浮かないかなと最初心配だったのですが、手芸部にいるような女の子はみんな一様にぽわっとぼんやり優しいです。話があうというわけではないですが、そこはタマコが合法的に内職ができ、かつ最新型ミシンも使い放題なのでタマコは放課後、手芸の妖怪《ようかい》にとりつかれたごとく商品を生産するのです。泳ぐのとおんなじくらい楽しいです。

「核心突いていい、たまリン」

じっちゃんが炊《た》いた玄米めしをわしわし食っているタマコに、サーヤがおずおず切り出しました。

「さっきから突かれまくりですが？」

「まじ高校行かないの？」

「懸案事項だけどタマコ的には内定」

「サーヤ的には高校行きながらでもやりたいことできると思うけど」

ああ、またお友達に悲しい顔をさせてしまった。タマコのばかばか。

「ありがとうごめんね」

「やー、ありがとうもごめんねもあたしは別にいいんだけど、カニータが食い下がると思うな」

「え？　そう？」

カニータというのは担任の蟹江《かにえ》先生です。三十越えてるはずなのに、すごく若く見えて、というか大人に見えない社会科の先生。たくさんの女子に好かれているようです。去年サーヤのクラスの担任でした。

「楽勝だと思うけどな」

「サーヤがオリンピック行きたいから吐いても頑張るってゆったら、あんまり夢ふくらますと体とココロを壊すぞとかセンセーっぽいことおっしゃりましたよ」

「へええ。カニータなら言いそう」

食べ終わった弁当箱を片づけて、タマコはレジャーシートの上で大の字になりました。おなかはいっぱい、お日様カンカンでソーラー充電です。横山がちらちら見ているのに気がついていますが知ったことではありません。水泳部時代の友人達もやっと海に入る気になったようで、楽しそうに波打ち際に向かっていきます。ああ、世はこともなし。

「うちら、これから忙しくなるね」

ぽつんとサーヤがこぼしました。今日の彼女はおセンチ入っているようです。そういうときにかける言葉というのがタマコにはわからないので何も言いません。うとうとしかけたとき、自分の携帯の着信音、「笑点」のテーマがすっちゃかちゃかちゃかすっちゃかちゃんと鳴りだしました。じっちゃんからです。

「まあこさん、おろしがねが見つからん」

泣き出しそうなじっちゃんの声。

「食器棚の一番下の引き出しにない？」

「どこにもない。ないと生姜《しょうが》がおろせない」

「はいはい。帰ります。二時間待てますか」

返事もせずにじっちゃんは電話をぷつりと切りました。普段はのんびりしてるのに時々こうやって十四歳少年のようにキレることが最近あります。

「なんかじっちゃんが困ってるみたいだから、悪いけど帰るサ」

「もう？」

「海は十分たんのうしたたし、サーヤとは学校で毎日会えるじゃん」

なぜ涙目になる、我が友よ。タマコはじっちゃんに縛られてるって前にサーヤは言いました。そんときあえて反論しなかったけど、縛られてなんかちっともいないのです。ママは会社を辞めるほどの度胸はないので連休明けには帰ってくるだろうし、今のタマコはやりたいことを見つけられて、しかも大好きなじっちゃんと暮らしていて、優しいお友達もいてくれてこんなに幸せなんです。問題ゼロなんて人間はいないだろーから、タマコはフツーに問題抱えてはいますが前途は洋々なんです。迷ったり考えたりはするけれど、まったく悩んでなんかいないんです。

ですが、世の中そう甘くはありませんでした。ゴールデンウィーク明けにまず思惑がいっこ外れました。ママが中間と期末テストが終わって夏休みがはじまっても家に帰ってきませんでした。携帯もずっと通じません。会社に偽名を使ってかけてみたら休職届けが出ていると言われました。気が進みませんでしたが、パパの部屋に電話をしてみると「現在この電話は使用されておりません」と電子音声で明るく言われてしまいました。ドミノがいっこ、にこ、さんこ、とゆっくり倒れてゆき、そこから大ドミノ倒しがはじまるとはタマコ、思ってもいませんでした。

昼休み、俺は職員室のデスクで眠気をこらえながら頬杖《ほおづえ》をついて、進路調査票を眺めていた。この春、三年生の担任だなんて気が重いと思っていたが、うちのクラスの連中は案外自分を知っていて安堵《あんど》した。一学期の始めにも書かせた調査票に特に変化はなく、突飛な高校名を書いた奴《やつ》はいないようだ。第一希望から第三希望。男子は理想の高い奴から卑屈な奴まで、この調子なら悪くても第三希望の高校には引っかかるだろう。女子もだいたい同じようだと思いながら用紙をめくっていって、俺は飛び込んできた「就職」というでかでかと書かれた単語にがくりと掌《て》から顎《あご》を落っことし、弾みで湯飲みを倒してしまった。

「ああすいません」

隣の机まで広がった日本茶を俺は急いでトレーナーの袖《そで》で拭《ふ》く。ノートパソコンに向かっていた年長の女性英語教員がにこりともせずティッシュの箱を突きつけてきた。

すいませんを連発して俺は自分の机の上と床を拭いた。

胸を張るかのように第一希望の欄だけに、くっきりと大きく書かれた就職の文字。勘弁してほしい。今年のクラスはいじめもそうひどくなく、不登校気味の男子が一人いるが、夏休みに何度も家庭訪問し、二学期からぼちぼち学校に顔を見せるようになって胸をなで下ろしていたところだった。その男子生徒だったらこんなには驚かなかっただろう。意表を突かれたのは、それが権藤たまこだったからだ。春には確か妥当な高校名を書いていた。夏休みに何かあったのだろうか。

父親が単身赴任で不在なこと、母親も働いているので連絡等のため携帯電話所持の許可を出していることくらいは頭に入っていたが、それ以外はまったくと言っていい程問題のない子だった。目立つか目立たないかと言われれば、目立たない方に属する。部活は水泳部だったか手芸部だったか。授業中は聞いていたり寝ていたりいろいろだが、私語は慎んでいる。成績は良くも悪くもなく、笑顔の印象が常にあるが特徴という点で薄い。内心何を考えていたかは別として、クラスメートとも教師とも適当にうまくやってきたということだろう。つまり俺にとってノーマークの生徒だったのだ。

昼休みが終わるまであと十分ある。俺は急いで教室に向かった。自分のクラスの開け放ってある戸を覗《のぞ》き込んで見渡したが、奴の姿はなかった。権藤知らんか？　とその辺の生徒に聞いてみた。女子も男子も「ゴンタマはー？」「タマやー？」とおざなりに呼びかけてくれたがどこからも反応がない。

「沙也加のとこじゃねえの」

俺のすぐ下から、居眠りしていたらしいサッカー部の横山が顔を上げて言った。

「ああ、何組だっけ」

「三組。それよりカニータ、昨日のセリエの試合、録画してくれた？」

「してねえよ」

「してくれって言ったじゃんかー。おれんち、BS入ってねえんだもん」

お前んちの都合なんか知るかと思いながら三組に向かう。途中生徒たちに話しかけられるのを適当にさばいて、三組に頭をつっこみ「ゴンタマいるか」と呼んでみた。自分で思った以上に声が大きかったようで、そこにいた生徒全員の注目を浴びてしまった。制服の群れの中から、髪をボブにした女子がすっくと立って俺の前にやって来た。事が事だけに他の生徒に不審がられてはいけないと、俺は無理して笑顔を作った。

「はい」

素直で大きな返事をして、権藤たまこは前に立った。目線の高さがあまり変わらなくて、正直こっちが怯《ひる》んだ。美人でもブスでもない平凡な顔だが、よく日に焼けていて、黒目が光り健康的だった。まぎれているとわからないが、こうして面と向かってみると他の生徒より大人っぽい。制服もいじっていないし、髪も染めておらず、リップクリームさえ塗っていなさそうなのに。

「放課後、時間あるか」

「三十分くらいで終わりますか？」

どうして呼ばれたのか分かっているようで安心した。

「そりゃお前、話の内容による」

「じゃあ大丈夫だ。先生、安心してください」

どうして俺が慰められなきゃならんのだ。なめられているようでやや腹が立った。

「職員室……いや、視聴覚室な」

すれ違いざまに聞きかじった生徒が「カニータ、セクハラすんなよ」と笑って行った。慣れたとはいえ、俺は早足で職員室に戻った。言い返せたらどんなにすっきりするだろう。迷惑こうむってるのはこっちなんだぞ、ガキども。

午後の授業と雑用を終え、過去の中卒者と求人のファイルにざっと目を通してから視聴覚室に行くと、ゴンタマは一番後ろの席で何やらかぎ針で編み物をしていた。そういうことが似合うようには見えないのだが、女の子らしいところもあるのだなと思った。

「カニータ遅いよ。十分で終わる？　今日約束あるんだから」

俺の顔を見るなり、ゴンタマは早口の責める口調で言った。息を吸って吐いて吸って吐いてむかっ腹をなだめた。

「悪かった。で、どうなんだよ」

「どうなんだはこっちです。ご用件をどうぞ」

「なんだと？　自分の胸に聞いてみろ」

「まわりくどいなー。就職します。高校にはいきません。で、何か？」

俺は正面向いた椅子《いす》に後ろ向きに座って、編み物の手を休めないゴンタマを眺めた。紺地に白い模様の何になるかわからない物。好きな男子にプレゼントでもするのだろうか。

「ご両親はなんて言ってるんだ」

「両方ともいいって」

「嘘《うそ》つけ」

「ばればーれ？」

そこでやっと彼女は笑顔を見せた。笑うとやはりまだ子供だった。

「でもどっちも反対しないと思うよ」

「ってことは話してないのか」

「話そうにもいないんだもん。パパは引っ越しちゃったみたいだし、ママは家出してるし」

俺は天井を見上げた。嘘なのか本当なのか。まあ調べれば分かることだ。無性に煙草《たばこ》が吸いたくなってきた。

「キミも忙しいようだから、要約して言うぞ。高校は行ける奴は絶対行った方がいいんだ。中卒で就職ってのは、キミが考えてる以上に雇ってくれる企業はないし、中卒者への社会の対応は想像を絶して厳しいんだぞ。よく考えてから決めろ。とにかく今日が駄目ならまた時間をつくって親御さんも交えて話し合おう。わかったか」

「はい。わかりました」

真面目《まじめ》な顔ではきはきとゴンタマは答えた。全然わかってないし、まるっきり聞いていなかったのが手に取るようだった。その証拠にさっさと編み物をリュックに仕舞い、腕時計に目を落として「じゃあ失礼しまーす」と逃げるように俺の前からいなくなった。

面倒なことになったと俺は比喩《ひゆ》ではなく本当に頭を抱えた。この公立中学の教員になって五年、いじめや不登校や万引きやカツ上げの対応はしたことがあっても、就職の斡旋《あっせん》をしたことは一度もない。もう十月も中旬だが今から就職先を捜してやれるだろうか。フリーターにでもなろうという甘い考えなのだろうが、高校中退者と違って中卒者ではアルバイトだってそう簡単には見つからないことを奴がわかっているとは思えない。このご時世に中卒者を出すことが学校全体や自分の出世に影響があるのかすらもわからなかった。学校のイメージダウンも自分の出世もどうでもよかったが、そのことであれこれ上から言われるのが面倒だ。

冷静になろうと、俺は視聴覚室のドアを閉め、中から鍵《かぎ》を掛けてから煙草と携帯灰皿を取り出した。深い溜息《ためいき》のような煙を吐き出す。そういえば今日は俺も恋人と食事の約束をしていた。先月彼女が妊娠したかもと大騒ぎをして、よく聞いたら医者に行っていないどころか妊娠検査薬も試していなかった。要するに俺に結婚する気があるのかどうか試したのだ。臭《にお》いが残ると誰か生徒が吸ったとかで騒ぎになるかもと考えつつ、二本目を吸わずにはいられなかった。俺は慌《あわ》てず騒がず薬局で検査スティックを買ってきて、その結果がシロでもまだあれこれ言うので、有給まで取って産婦人科に一緒に行った。俺が悪いとはかけらも思わなかったが、怒らず騒がず彼女の言うことを全部聞いた。なのに彼女はヘソを曲げたままだ。明らかに俺に対して不満だらけのはずなのに、彼女はそれでも俺の部屋に通って来る。俺はあの子とたぶん結婚することになるんだろうなと思いつつもきっかけがなかった。もし彼女が本当に妊娠していたらきっと結婚していただろう。

煙草を消してから、携帯で彼女に「生徒が問題を起こした。何時になるかわからないから部屋に行っててくれ」とメールを打った。気の重い問題はさっさと取りかかって片づけてしまう方がいい。ゴンタマの両親が本当に家にいないのか、今から訪ねて行ってみようと思った。さっき家族の構成票を調べたら祖父が同居しているようだった。話の通じる相手かどうかわからないが、本人よりはマシな事情が聞けるかもしれない。職員室に戻ってゴンタマの家に電話をしてみたが誰も出なかった。今日は新しいポロシャツにチノパンという比較的ましな格好だったが、ロッカーに何があってもすぐ対応できるようスーツが一着置いてあり、迷った末にやはり上着だけは着ていくことにした。無駄足であることを半分願いつつ俺は彼女の家に向かった。

ターミナル駅で手土産の和菓子を買い、俺は下り電車に乗った。俺のじいさんは厳格だった。お袋や親父《おやじ》やいじめっ子や大学教授なんかより、終始一貫俺はじいさんが恐《こわ》かった。三年前に胃ガンで亡《な》くなってもやはりまだ俺は天国のじいさんが恐い。死因はガンだったがもう九十を越えていたので進行性のものではなく、要するに寿命だった。それでも最期《さいご》までじいさんの意識ははっきりしていて、全身管に繋《つな》がれても「清太《せいた》しっかりやってるか」と俺に重圧をかけた。ゴンタマの自宅の最寄り駅から住所を頼りに歩きながら、そんなじいさんが出て来たらと思うと憂鬱《ゆううつ》だった。

ゴンタマの家はさほど迷わず見つかった。住宅街の中にある古めだが特徴のない二階建ての一軒家だ。チャイムを押してインターホンから返事がかえってくるのを待っていると、いきなりドアが開いた。

「どちらさまで？」

俺より背の高いじいさんが、きょとんとこちらを見下ろしている。

「あ、あの、たまこさんの担任の蟹江と申します。突然お邪魔して申し訳ございません」

「たんにん？」

「たまこさんの、その、中学の教員です」

「ああ、先生ですかあ。こりゃまたよくいらっしゃいました」

じいさんはくしゃりと笑顔になった。

「どうぞどうぞ。上がってください。ちょうど飯にしようと思ってたとこでね」

いえお構いなく、と俺が返事をするのもまったく聞かず、じいさんは家の中へ入って行く。スリッパは出してもらえなかった。うちの実家だったらアポなしの客を家に入れることはまずないが、もしあったとしてもスリッパくらいは出す。しかしここは他人の家だ。そんなことにこだわっている場合ではないので、そろそろと俺はゴンタマの家に上がり込んだ。

リビングというよりは茶の間という感じの、炬燵《こたつ》のまわりに座布団《ざぶとん》がばらまいてある部屋。そこでじいさんは満面笑顔で「座っといてください」と言い、開けたままの障子の向こうの台所に消えて行った。居心地が悪い感じで座布団に腰を下ろそうとしたら、突然「ちんちくりんのつんつるてん、まっかっかあのおさんどん」と鼻歌にしては大きすぎる歌声が聞こえたのでぎょっとした。じいさんがご機嫌顔で戻って来る。ビール瓶とコップを右手に、何かの小鉢を左手に持って、俺の前に乱暴に置く。

「すまんが先にやっててください」

「いえ、本当にお構いなく。すぐおいとま……」

全部言わせてもらう前にじいさんは軽い足取りで台所に戻って行く。じんじろげやあ、じんじろげえ、どれどんがっだほーれぱれっつ、と背中を向けたじいさんが奇妙な歌を歌う。ボケてんのかなと思いながら、目の前のよく冷やしてあって汗をかきはじめたビール瓶を見た。肌寒い日が続いていたのに、今日はいきなり夏が戻ってきたかのように暑く、駅から歩いてきて喉《のど》が渇いていた。ええい、もういいや、とヤケクソでビールを注ぐ。コップに一杯飲み干すと気持ちのいい息が出た。台所からは魚を焼く匂《にお》いと音がし、鉄製の大きい灰皿がテーブルの上にどんとあったので、腹をくくって煙草に火を点《つ》けた。やっとまわりを見渡す余裕が生まれ、茶の間から続く縁側の向こうを眺めた。日が傾きはじめ、一日の最後の日差しが乱雑に植わった庭木を光らせていた。萩《はぎ》だかなんだかわからないがほの赤い花が咲いている。それにみとれていたら、ひょいと縁側に猫が上がって来た。俺を見て一瞬怪訝《けげん》な表情をし、でもすぐ無視してテレビの前に横たわり前足を舐《な》めはじめた。嫌いなわけではないが飼ったことがないので、動物が部屋の中に我が物顔で居るのが不思議な感じがした。もう一杯ビールを飲み、小鉢を覗き込むと中身は茎わかめだった。俺の食生活にはないものだ。なんとなく恐る恐る口に入れたが、思いの外旨《うま》かった。

「ほいセンセー。待たせてすまんね」

焼き魚と煮物の鉢、新しいビールを二本持ってじいさんが戻って来る。今まで気付かなかったが、ボーダーシャツがアニエスb.《ベー》だった。実はお洒落《しゃれ》なのかこのじいさんは。

「すみません。ご馳走《ちそう》になりにきたわけじゃないんですが」

「あんたくどいね」

真面目に言われて俺は口をつぐんだ。ちょっと変わっているだけでボケてはないのかもしれない。じいさんのコップにもビールを注ぎ、何に対してだか分からないが乾杯した。

「ええと、今日はたまこさんは？」

知らないふりで俺は聞いてみた。

「さあ。アルバイトじゃないですかね」

箸《はし》を持つ手が止まる。なんだと。バイトは停学ものの校則違反だった。しかしあっけらかんと喋《しゃべ》ったじいさんを責めても仕方ない。きっと知らないのだろう。

「何時頃、お帰りでしょうか」

「さあねえ。チヨだって今はいるけど、普段は何時に帰ってくるかわからんですよ」

一瞬チヨというのがたまこの母親の名前かと思ったが、じいさんの視線の先には呑《のん》気《き》に毛繕いをしている猫がいた。

「たまこさんはどちらでバイトを？」

精一杯にこやかに俺は聞いてみた。

「なんかね、古着屋ですよ。これもそこで安く買ってきてくれてね」

なるほど。だからアニエスなのか。

「どこにあるなんていうお店でしょう」

「ウバって言ったかな。どこだか知らんけど」

じいさんは美味《おい》しそうに二本目のビールを飲み干した。よっしゃ、来たかいがあったと俺はこっちを見ていた猫に親指を立てる。

「ええと、ではお母様は」

「とっくにあの世だ。あたしは七十二ですよ」

「おじいさんのではなくて、たまこさんのお母さんです」

「ああ、鏡子ね。あれは子供んときから放浪癖があってねえ。センセー、魚、冷めないうちに食ってくれ」

強い口調で勧められ俺は慌てて秋刀魚《さんま》に箸をつけた。こういうものを食べるのは久しぶりだ。じいさんは三本目のビール瓶の栓を抜き、自分のコップに手酌でビールを注いでから、こちらへも注ぎ足してくれる。

「たまこさんのお父様は単身赴任されてるんでしたよね。連絡先をご存知ですか？」

「さあ。まあこさんに聞かないと」

まあこさんというのは話の流れからしてゴンタマのことだろう。

「お母様かお父様の会社の電話番号なんかは」

「だから、まあこさんに聞いてくれて」

そう言ってじいさんは畳に直《じか》に置いてある炊飯器を開けた。ふたつの茶碗《ちゃわん》によそってひとつをこちらに差し出してくる。白米ではなく玄米だった。じいさんはふいに立ち上がり「みそ汁」と呟《つぶや》いて台所に消えて行く。足下がややおぼつかなかった。あまり酒は強くないのかもしれない。

酔っぱらったのか、俺がしつこく家庭のことを聞いたせいなのか、じいさんはみそ汁を持って来てくれたあと笑顔が消え、ただ黙って飯を食った。仕方なく俺もイカ大根とみそ汁で玄米飯を平らげる。すると、じいさんが食べ終わった瞬間、がくりと首を落としたので「死んだか」と驚いた。よく見ると気持ちよさそうに舟をこいでいる。犯罪に近いなと思いつつも、俺は昔ながらのダイヤル電話の隣にあった大きなアドレス帳をそっと開いてみた。最初のページの下の方に、企業の名前と番号がふたつ並べて書いてある。たぶんこれが両親の勤め先だろうと素早くメモをとった。電話の横にはじいさん用であろう、発信ボタンがみっつしか付いていない携帯電話が置いてある。もしかしたらメモリーにゴンタマのバイト先が入っているかもしれないと思ったが、いくらなんでもそこまでやるのは気が引けた。

「あの、これで今日は帰ります」

「あー、はいはい。おつかれさま」

「こちらこそご馳走さまでした」

「いや、またいつでも来てください」

鍵が心配ではあったが、俺はじいさんをそのまま放置し急いで自宅に戻った。学校の方が近いし自分のパソコンも置いてあったが、酒も多少入っていて、一度出た職場に戻るのは気が重かった。

連絡もせず飯を食って帰ってきた俺に恋人はきゃんきゃん文句を言っていたが、俺はとりあえず謝り、目の前にいる服好きの女に質問してみた。

「ウバっていう古着屋知ってる？」

「なにそれ変な名前。私、古着屋は行かないから」

俺は無言で頷《うなず》いて、自宅のデスクトップの前に座った。検索エンジンを開き、ウバと古着屋というキーワードをかけてみる。ひとつもヒットしなかった。キーワードをリサイクルにしたり、うばと平仮名で入れてみたりしたが駄目で、ふと思いついて「ウーバ」と音を伸ばしてみたら三十件強ヒットした。その店のホームページはなかったが、どれも古着フリークの若者達が作ったサイトで、その店の紹介や感想が載っていた。状態のいいビンテージアロハとジーンズ豊富、店舗の作りが凝っていて店員の対応も丁寧、余所《よそ》より高めに買い取ってくれるがその分商品の単価も高め。ブランドバッグは品薄。オリジナル小物充実。日、月が定休だが日曜日も営業してほしいと掲示板に書き込みがあった。幸い住所と電話番号も分かった。俺が住んでいる私鉄沿線の東京寄りに十分ほど行った所にある。土曜日にでも行けば、ゴンタマをアルバイト現行犯で捕まえられるだろう。

気が付くと、彼女の姿がなかった。時計を見るともう十二時近い。ダイニングテーブルの上の冷めたパエリアの上に「終電がなくなるので帰ります」とメモがひらりと載っていた。声くらい掛けて帰ればいいのにと思ったが、もしかしたら掛けられても気が付かなかったのかもしれない。

悪かったと電話を入れた方がいいだろう。頭ではわかっていたが、どうにも行動に移す気になれなかった。缶ビールを持ってベランダに出、夜風に当たって煙草《たばこ》を吸ってみた。昼間は汗ばむほどだったが夜風はもう冷たく、顔を洗った気分になった。みんな俺にどうしてほしいんだよ、とひとりごちてみる。

恋人のことよりゴンタマとあのじいさんのことの方が気になった。父親と母親はせめて金くらい送ってやっているのだろうか。もしかしたら権藤家の家計は苦しいのかもしれない。俺は飲み干したビールの缶に吸い殻を落とし、それ以上考えるのをやめた。酷《ひど》いいじめを受け自殺未遂を起こした生徒と、いじめていた張本人も両親から精神的虐待《ぎゃくたい》を受けていたことを思い出す。もう卒業して二年たつ。そのときだって今だって、教師がしてやれることなんか結局のところ何もありはしないのだ。

ぶったまげました。十一月の最初の土曜日、いつものように販売接客にいそしんでいたら、大学生風の男の人が入ってきたので「いらっしゃいませ」と笑いかけました。するとその人がじっとタマコを見つめています。あら、タマコがかわいいからかしら、と思った瞬間、それが担任の先生だとわかりました。タマコは持っていたシャツを床に落としてしまいました。

「権藤」

背中から社長の喝が飛びます。おたおたとそれをたたみ直しているとカニータはタマコに近づいてきました。

「ここでなにやってる？」

「買い物です」

「化粧して眼鏡かけてエプロンしてか？」

「センセーだっていつもと眼鏡が違いますね。似たお色のセーター入荷してますよ。ご覧になってください」

タマコは必死で笑顔をつくり、社長から先生を遠ざけるよう誘導しました。店の隅にセンセーをしゃがませてタマコは低い声で言いました。

「サイテー、カニータ。見損なったよ」

「なに言ってんだ。おめー生徒手帳よく読んでみろ。停学だぞ。穏便にしてやろうと思ってわざわざ来てやったんだ」

「誰がチクッたのよ。あーもー最悪」

ここでタマコが働いていることを知っているのはじっちゃんとサーヤだけです。いや、もしかしたら夏に海いったとき、横山かなんかが聞いてたのかもしれません。

「店長はあのドレッドの女か？」

「マジやめてカニータ」

「お前、歳《とし》ごまかして働いてんな？」

そのときタマコは後からゴンと蹴《け》りを入れられました。ドクターマーチンでどっかれてタマコは思わず床に倒れました。社長はタマコの背中を踏んだままカニータに笑いかけました。

「わたくしが店長の姥山《うばやま》ですが、お客様、うちの者が何か失礼でも？」

カニータはぽかんと社長を見上げています。

「いえ、ええと、この子はいつからこちらでバイトを？」

社長は笑顔を消して黙ってカニータを値踏みしています。お客様にはほとんど見せない素の顔です。まじ恐《こわ》いっす。

「お客様は権藤の？」

気圧《けお》されていた様子のカニータがやっと立ち上がりました。彼はそんなに背が高くないので社長と向かい合うと、背丈だけでなく気迫でも負けていました。ですがそこは教師の沽券《こけん》にかかわると思ったのか、カニータは胸を張りました。

「権藤の学校の担任です」

「ほう」

「うちの学校はアルバイト禁止です。噂《うわさ》を聞いて確かめに来ました。店長さんはご存じなくて雇っていらしたんでしょうか」

床にへばったままのタマコを社長がちろりと見ました。三人模様の絶体絶命です。

さあさあ、さあさあ、はっきりカタをつけてよお、と頭の中で歌いました。

「今時の高校生は隠れてアルバイトくらいするでしょう」

「いや、権藤は中三ですよ」

「なんだと。ほんとか、おら権藤」

ブーツの踵《かかと》に力が入ります。激しいどつきに再び襲われることを察して頭を覆《おお》って背中を丸めたとき、社長の「いらっしゃいませ」という営業用お愛想声が響きました。ありがとうお客様。社長はタマコを乱暴に引っ張って起こし、子供にするように服の埃《ほこり》を払ってくれました。そして耳元でささやきました。

「今日はシメてる暇がないから、明日の午後に電話しな」

ぞわっと背中の産毛《うぶげ》が全部逆立っちゃうほど優しい声でした。ちびらないでいるのが精一杯なタマコ十八歳ではなくほんとは十五歳です。激しく落ち込みながらも、働かないわけにはいかないので肩を落としてプライス付けにかかろうかと思ったら、カニータに呼び止められました。

「あ、まだいたの？」

「お前、事態がわかってねえな」

「おしっこちびりそうなくらいわかってるよ。センセーのおかげさまでね」

「何時に終わるんだ。待ってるから相談させろ」

相談？　いったい何を今更学校の先生とお話しすることがあるっていうんでしょう

か。こっちはクビになるかどうかの瀬戸際《せとぎわ》だというのに。

「ご両親にも会ってきたから伝言もあるし」

「なんだと。ほんとか、おら蟹江っ」

思わず社長の口調を真似《まね》ちゃうほど、おいら一気に腹が立ちました。スニーカーで床を思い切り踏みつけます。

「なんの権利があってそんなことすんの?」

「俺は担任だ。しょうがねえだろう」

しょうがねえならやるなよなと、怒りは急速にしぼみタマコ脱力です。

「じゃあ、八時に終わるから駅前のドチキンで待っててよ」

「どちきん?」

「ケンタッキーフライドチキンだよ」

泣きそうになりながらタマコはカニータを振り切り、雑居ビルの廊下へ出てトイレへ入りました。学校が勉強を教える所ならどうして勉強だけ教えておいてくれないのでしょう。そりゃタマコは高三だってみっつも歳サバよんでいましたが、そうでもしなければ社長に正社員として雇ってもらえなさそうだったからです。働く青少年の邪魔をするのが教師の仕事でしょうか。悔しくて涙が出そうでしたが、こんなことで泣いてるところを社長に見られたら、今度はどついてもらえないかもしれません。

　閉店後、片づけをしていたら携帯が鳴りました。じっちゃんかと思ったら非通知で、出てみるとカニータでした。もう三十分も過ぎてるとセンセーは文句めいたことを言いました。タマコの携帯の番号は学校に所持許可を出さなければならなかったのでカニータは知っているのでしょう。でも自分は非通知にしているところが腹立ちます。今日はとうとう最後まで口をきいてくれなかった社長に頭を下げてタマコは店を出ました。雨がぱらぱら降っています。天気予報なんか見ないタマコですが、今朝じっちゃんが早起きできなかったので折りたたみ傘を持ってきて正解でした。じっちゃんの体調と精神状態は低気圧が近づくと思わしくなくなります。便利といえば便利だけど、じっちゃんが気弱になる雨がタマコは憎いです。

　ドチキンの二階の奥まった席でカニータは本を読んでいました。時間に遅れたことを謝る筋合いはありません。カニータの内心はわかりませんが、彼は笑顔でタマコを迎えました。何も買ってこなかったタマコにツイスターとミルクティーを買ってくれました。懐柔作戦でしょうか。

「就職できなかったら先生のせいだからね」

　単刀直入にタマコは言いました。

「あの店で雇ってもらうことになってたのか？」

タマコは黙ってツイスターをかじります。

「アホか。正社員になるなら保険のこととかですぐ歳なんかばれるだろ」

「だから卒業式が終わったら、タマコがちゃんと土下座して社長に謝ろうと思ってたのに。半端《はんぱ》なとこでばらしてくれちゃってさ」

カニータは腕を組んで唸《うな》り、しばらく黙っていました。蟹江清太、たぶん三十一歳。バレンタインには職員室の机にチョコレートが山積みになるらしい大人気の先生です。もしこの人と結婚したら、おいらカニたまです。げええ。想像したくもありません。

というのは、タマコは最初からこの人のことがあんまり好きではありませんでした。理由なんか考える必要もなかったので考えませんでしたが、こうして学校の外で会ってみると漠然とわかってきました。目の前の三十男は大学生に間違えるほど若く見え、セミプロのタマコが見てもおしゃれさんです。ニット帽も学校ではかけない薄い色の入った眼鏡も去年あたりからはやっている形です。秋物のセーターはたぶんディーゼルで、椅子《いす》の背にかけてあるジャケットのタグはポールスミスでスニーカーはパトリックです。うちの店に着ない服売ってくれないかしらと思う程です。なのに学校では普通の銀縁眼鏡で、ユニクロかノーブランドと思われる格好でいます。汚れるという理由もあるでしょうが、明らかに「女避《おんなよ》け」みたいなものと、俺ってほんとは男前なんだという本音を感じるのはタマコうがちすぎでしょうか。

「パパとママはお元気でしたか？」

言いあぐねているようなので、タマコから言い出してあげました。バカ男と断定したらどうでもよくなってムキになる気がなくなりました。

「ああ。えーとな……」

「両方とも他のハニーと住んでたでしょ。そんなこと、とっくに知ってるからお気遣いなく」

むかっときたのをカニータがコーヒーと一緒に飲み込むように見えました。

「お母さんの方は帰って来るって言ってたぞ」

「うっそ。やめてくれ」

「高校受験間際に放っておいて申し訳なかったって」

テーブルの上の灰皿でセンセーをおもいっきり殴りたい衝動にかられました。きっとカニータがそうママに吹き込んで説得しやがったに違いありません。余計なお世話にも程があります。

「とにかくだなー。期末の後の面談でお母さんとあの店長さんと四人で話し合おう。

権藤はその前にお母さんと店長さんとそれぞれちゃんと話し合っておくんだぞ」

言われなくても話さざるを得ませんが、何故《なぜ》四人なのでしょう。カニータには関係ないのではないでしょうか。

「先生、質問です」

ミルクティーのカップを置いて、タマコは手を挙げました。

「なんだ？」

「どうして先生は先生になったんでしょうか」

すると、カニータはこっちがびっくりする程うろたえた顔をしました。それを取りつくろうように煙草《たばこ》に火を点《つ》けます。タマコなんか変なこと聞いたでしょうか。

「デモシカってやつだよ、単なる」

「でもしか？」

「いいじゃねえか。なんでそんなこと知りたいんだ」

デモシカってなんでしょう。うちに帰って広辞苑《こうじえん》でも引きましょうか。それより就労動機を聞かれて動揺する人のココロがまったくタマコにはわかりませんでした。ドチキンとデモシカの間には深くて暗い川があるのでしょうか。そこで「笑点」のテーマが鳴りだしました。急いで出るとじっちゃんは涙声です。

「まあこさん。トイレの電球が切れて入れない」

普通の状態だったらじっちゃんは電球くらいお茶の子さいさいで取り替えられます。つまりこれは「さみしいから早く帰ってきてほしい」の意です。

「うん。一時間待てる？　なるべくすぐ帰るから。何かほしいものある？」

返事なしで電話が切れました。安心しましたの意です。

「彼氏か？　ラブい声だして」

カニータが目の前でニヤついています。いちいちむかつく野郎です。

「じっちゃんだよ。三十男がラブいとか言うな。それより先生の携帯の番号教えてよ。そっちだけ知ってて卑怯《ひきょう》だよ」

あまりのタマコの剣幕にカニータは目を見張り、きっと教えたくないであろう自分の番号を紙ナフキンにしぶしぶ書きました。それを取り上げ、タマコは挨拶《あいさつ》もそこそこに店を出て駅に向かいました。

傘もささずに超特急で家に戻ると、じっちゃんがこの寒いのに縁側の戸を開け、庭木を濡《ぬ》らす雨を見ていました。雨の日のテーマソングを背中を丸め小声で歌っています。あかしああの雨に打たれて、このままあ死んでしまいいたあいい。タマコは上着も脱がず、じっちゃんに近寄って後ろから首に抱きつきます。頬がゆるんだのはわかりましたが、ウェットになったじっちゃんはいつもタマコの顔を見てくれません。タマコを見てよ、と両腕にあらん限りの力を込めてじっちゃんを抱きしめます。つめたくなったわたしを見つけてあの人はああ、涙を一ながしてえ、くれるでしょうかああ。泣きたいけどタマコは泣きません。じっちゃんを守るのはタマコです。一緒になってお湿りモードになっちゃ駄目です。

「じっちゃん、ご飯は食べた？　あったかいお茶でもいれようか」

精一杯明るく言って立ち上がったところで、玄関の鍵《かぎ》が開く音がしました。タマコとじっちゃんは同時にびくりと振り返ります。この家の鍵を勝手に開けて入ってくるのは、あの人しか考えられません。じっちゃんが立ち上がるのを止めて、タマコが玄関に向かいました。畳んだ傘とコートの裾《すそ》から水滴をこぼしたママが、ばつが悪そうな、すがるような、でもどこか図々《ずうずう》しい目で自分の娘を見上げていました。まったく最悪中の最悪な一日です。

ゴンタマの進路相談日を他の生徒達と別日にしたのは、もちろん話がこじれそうだったからだ。期末テストも終わって、三年の生徒達は本格的に受験態勢に入るとしても、クリスマスや冬休みを控えて表情は明るかった。その中でぽつんとゴンタマだけが、授業中でも時折見かける休み中の廊下でも、以前の潑剌《はつらつ》とした顔をしていなかった。にらみつけてくれればまだマシなのに、俺を見ないどころか、目があってもぼんやりしている。心配になって声をかけても生返事しか返ってこない。友人達とは笑いあったりしているが心ここにあらずな様子だ。

ゴンタマの母親と、あのドレッド頭の店長・姥山との四者面談の日、俺は久しぶりにネクタイを締めた。生徒達にからかわれたが「夜デートなんだ」と誤魔化した。二学期の終業式三日前、約束の時間ぴったりに現れたのは、意外にもドレッドだった。人払いした教室の扉を開けて入ってきた姥山の格好に俺は度肝を抜かれた。

「なんだ、その格好は」

「コスプレ。一応スーツ着てパンプス履いてみたんだけど、似合わないんだこれが」

だからと言ってどう見ても三十近い女が膝上《ひざうえ》のバーバリーらしきプリーツスカートにニーソックスはいかがなものか。ドレッドはほどいて後ろでひとつにまとめ、ノーアクセサリーだが綿の白シャツが第三ボタンまで開いていてつい胸元に目がいってしまう。

「いやー私、高校一年しか行ってないからさ。学校懐《なつ》かしくって一時間も前に来て見学しちゃったよ。バレー部の練習にもちょっとまぜてもらっちゃった」

　そうか、高校中退者だからゴンタマの味方なのか、と警戒しつつも、初対面の時の印象と違って目の前にいる女子学生コスプレをした女は、はにかんでかわいらしくもあった。五分遅れで母親が現れ、大袈裟《おおげさ》に頭を下げる。こちらは当たり前のＰＴＡスーツだ。そのまた五分遅れでゴンタマが息せき切って飛び込んで来た。三人が遅刻を指摘する前に、体育館のワックス当番でしたと頭を下げる。姥山に小声で「今日はエッチですてきですね」と耳打ちするのが聞こえた。姥山も「そうか？」と嬉《うれ》しそうだ。誰から話させようかと迷ったが、年長者を立てようと母親に話を振った。

「お母様はたまこさんと話し合われて、いかがでしたでしょうか」

「あ、はい。高校くらい出ておかないと将来しなくてもいい苦労をするって散々言ったんですけど」

　まだ十分に若く肌もきれいな母親が、まるで老婆《ろうば》のように弱気な声を出した。ゴンタマと姥山が白けるのが手に取るように伝わってくる。親がそこを強く言わなくてどうする、と俺も机を叩《たた》きたくなった。

「この子は姥山さんのお店で働くって言ってきかなくて」

　ゴンタマは発言する様子がなく、ただ上履きの先を見ているだけなので俺は姥山に視線を転じた。

「お母様さえよろしければ、四月一日から正式採用させて頂きたく思ってます」

「ですがね、姥山さん……」

俺が全部言う前に彼女は掌《て》で制した。

「私も学歴は中卒ですから、自分で言うのも何ですが大変苦労してきましたし、今も安泰ではありません。たまこさんも社会の中で厳しい道をゆくことになると思います。わたくしが全責任を、と申したいところですが、何せ弱小自営業ですから、わたくし自身の食い扶持《ぶち》だっていつどうなるかわかりません。もちろん未成年者を雇うわけですから全力を尽くすつもりですが」

「お母様、いかがでしょう」

母親はまるで冤罪《えんざい》で被告席に立たされたかのような途方に暮れた顔をした。

「正直申しまして、我が校ではここ二十年、中卒者は出ていません。地域企業との連《れん》繋《けい》も薄いですし、学校側で紹介して差し上げることができる企業はゼロに近いです。たまこさんは姥山さんのお店で大きな存在になっていることは確かなようですが、高校を出てから正社員になった方が後々のことを考えればいいように僕は思います。高卒者や中退者はもちろん、四十代の男性でも職に困っている時代です。少しでもリスク回避をするために、どうしてもというのでなければ、せめて高校は出ておいた方がいいと思うのですが」

もう母親は何も言葉を発することができなかった。溜息《ためいき》をこらえつつ、俺はゴンタマの顔を見る。

「あたしが高校へ行く気がないのは学生っていう身分が窮屈だからです。先生や姥山社長が心配してくださるのは心から嬉しいです。でも、勉強はやりたくなったらいつでもできるから。今はじっちゃんとの生活を大事にしたい。じっちゃんは長くても二十年は生きないと思うし、それから大検とって大学行ってもいいと思ってます。ずっと先のことより、あたしは二、三年先くらいのことを大切にしたいから半端にバイトじゃなくて、姥山社長の店でちゃんと働きたいです」

中三のくせにドライで突っ込みようのない回答だった。「夢」とかいう単語でも使ったら反論のしようもあったのに。しかも両親がまったく一人娘の養育に関心がない恨みめいたことをかけらも口にしなかった。そこで突然ゴンタマの様子がおかしくなった。制服のポケットに手をつっこみ動揺している。どうやら携帯に着信があるようだ。

「じっちゃんなんでしょ。出てあげな」

学校内では電源を切っておけと俺が言う前に、母親ではなく姥山がそう言った。ゴンタマは頷《うなず》くのもそこそこに教室を飛び出して行く。

「最近、おじいちゃんの様子がますます変で。どうも本格的にボケてきたようなんです」

ずっと黙っていた母親が口を開いた。誰に向かってというより独り言に近い。

「じっちゃんがおかしくなるのはママが居るからだって毎日タマコに出ていけって責められて。私はそんなつもりは全然ないのに」

握りしめていたハンカチを母親が目頭にあてたとたん、姥山が今までゴンタマが座っていた椅子《いす》を派手に蹴《け》った。

「泣くんじゃねえよ。あんたの十五の娘だって、この私に一度だって涙見せたことたねえぞ」

教室に響く罵声《ばせい》に俺も母親も唖然《あぜん》とした。元ヤンの喝でますます母親の目に涙があふれ出したので、俺は慌《あわ》てて止めに入る。

「わかりました。ではお母様、僕と姥山さんで少し相談しますので今日はお引き取り頂いて結構です。また近いうちにご連絡いたしますので」

母親を立たせ背中を促して教室の外に出す。振り向くと姥山が椅子の上で大きく足を組み、爪《つめ》を噛《か》んでいた。

「腹立つのはわかるけど、ここは学校だぞ」

「それがどうした。蟹江、何時に仕事終わるんだ」

すっかり本性丸出しになり姥山は聞いてきた。

「七時には出られるかな」

「じゃあどっかで待ってるから先公仮面を脱いで来い。どこがいいんだよ」

「じゃあ、あんたんちの店のそばのドチキンで」

「三十男がドチキン言うな。子供に迎合しやがって」

女子学生コスプレの上にライダーズジャケットを羽織り、姥山は乱暴に教室の戸を閉めて出て行った。一人残された俺も思わず自分の座っていた椅子を蹴り倒した。

先公仮面を脱いで来いと言われて素直に従ったわけではなかったが、さすがにむしゃくしゃして俺は顧問をやっているサッカー部も事務仕事も放り出し、一度家に戻って服を着替えた。さぞや不機嫌で待っているだろうと予測した姥山は、ケンタッキーの窓際《まどぎわ》のカウンター席でぼんやり煙草を吹かしていた。彼女もイギリス国旗が派手に編み込んであるざっくりしたセーターに着替えていた。

「いいセーターじゃんか」

俺が来たのに気が付かない様子だったのでそう声をかけた。ゆっくりこちらを見た姥山は薄く笑った。

「タマコ・オリジナル」

「え？　あいつが編んだの？」

「そう。私の誕生日に夜なべして編んでくれたんだ。今の店はコンセプトばらばらだけど、ほんとは私がブリティッシュ好きなの、あの子知っててさ。これなら三万以上で売れるのに」

「そういやゴンタマ、いつもなんか編んだり縫ったりしてたなあ」

「うちの商品だよ。オリジナルは全部タマコ作。大売れしてんだよ。知らなかった？」

知るわけねえだろ、と呟《つぶや》いて腰を下ろしかけると「ちんたらお茶してないで飲みに行こう」と姥山が立ち上がった。俺も二年ロンドンに留学したことあると言うと、じゃあパブにしようということになった。その店まで歩く間、俺と彼女が同い年なこと、若い頃ブリティッシュロックを聞き込んだことで話が弾んだ。別の会い方をしていたら友達になっていたかもしれないと、やや悔しく思った。

キャッシュオンデリバリーの、パブを模したその店は年末だというのに空《す》いていた。奥の大きなテーブルの端に座り、凡庸ではあったがとりあえず二人でギネスなど飲んでみた。

「カニータ、実はお洒落《しゃれ》なんじゃない。学校じゃあモテモテ予防線でも張ってるわけ？」

今年買ったギャルソンのセーターをさして姥山が意地悪く笑う。

「カニータ言うな。中坊とダブルスコアの女が」

「あんた、先公仮面脱いだ方がよっぽどまともだねえ。なんで学校じゃあ、くだらない建前垂れるわけ？」

「建前じゃねえよ」

吐き捨てるように言い、俺はドリンクのお代わりとつまみを頼みにカウンターへ向かった。靴底がどかどか鳴っているのが自分でもわかる。大人気ねえなと息を吐いた。

「自分だって言ってたろ。学歴ない人間が社会でやってくのは大変だって。それ今だって進行形で大変なわけだろ、あんた」

二人分のビールをテーブルに置き、俺は勢いのまま話した。

「親ならいいんだよ。子供に好きなように生きていいって言ってさ。でも俺はただのイチ中学教員だぞ。ああ、俺だってゴンタマにやりたいようにやれって言ってやりたいさ。でも俺は責任取ってやれねえんだよ。先公なんか所詮《しょせん》他人だ。ゴンタマが卒業したあとは、また新入生が入ってきて、そいつらのいじめとか成績とかでてんてこ舞いなんだよ。一人ずつ卒業した後まで責任持つキャパなんかあるわけねえだろ。だからせめて、少しでも安全な道に送り出してやりたいだけだよ」

　へええ、と姥山は俺の熱弁に目を丸くした。

「聖職なのかと思ったら不毛なんだねえ」

「現場じゃ聖職なんてとっくに死語だ」

「蟹江センセーはどうして先生になったのよ」

「デモシカ」

　さすが同年代だけあって通じたようだ。皮肉に笑って彼女はビールを飲み干す。

「で、実際のとこゴンタマはどうなんだ？」

「今んとこ将来有望」

　姥山はこれから三年後を目処《めど》に二号店を出す計画があると話した。今の店は金にはなっているが、経営資金の半分を同棲《どうせい》している恋人が出しているので、どうにも趣味に合わない物まで扱わないとならないのがストレスだし、この仕事を始めた当初から、目標は代官山近辺でロンドン・ディープスタイル系の古着屋のオーナーになることだったという。

「それには資金の調達やら、買い付けやら、不動産巡りなんかもしなきゃならないからね。うちはバイトだけでまわしてきたけど、権藤が正社員になってくれるなら安心して任せて出かけられる。ゆくゆくはそっちの店に比重を置いて権藤が相棒になってくれたら心強いけど」

「けど？」

「まだ十五だよ、あいつ。そんくらいの歳《とし》の子、どんな風に変わってくかわかんないよ。まあ人間が変わるのは歳のせいだけじゃないと思うけど」

暗がりで見る姥山の横顔は、気のせいか疲れて見えた。肌荒れと目の下の隈《くま》が目立つ。その同棲相手とうまくいっていないのだろうか。

「ま、大丈夫。私が駄目になっても、あの権藤なら何したって生きてくって」

「だよなー。あの生命力は地球を救いそうだよなー」

そんな風に多少の不安を持ちつつも、俺と姥山の意見は一致をみた。卒業まではバイトをさせないことと、店の売り上げとタマコのやる気をそがないために、オリジナルグッズ作りだけは黙認することで俺達は折り合いを付けて別れた。

翌日、気が重いことではあったが校長に報告に行った。退職間際の校長は多少顔をしかめたものの、就職が決まっているのなら仕方ないと、こちらが肩すかしをくらう程あっさりと頷いた。いかんと言われても困るが、そこまで他人事《ひとごと》な顔をされると不愉快だった。

ゴンタママを捕まえてその旨《むね》伝えると、見せたことのない心から嬉しそうな顔をした。「先生ありがとう」とたぶん初めて感謝の言葉を彼女は口にした。

このまま冬休みに入り、あとは落ち着いて受験組に取りかかれると胸をなでおろした。しかしそれは、ほんのつかの間のことだった。

まったく内弁慶とはママ鏡子のような人のことをいうのでしょう。またひとつ勉強になってしまいました。

年が明けてまだ三日目だというのに、タマコとじっちゃんは渋谷駅構内で震えています。ええ、家出です。正確にいうなら駆け落ちです。早朝二人でチヨを連れて家を出て、申し訳ないのは重々承知の助でサーヤのところにチヨを預けにいきました。彼女のお家《うち》には二匹猫がいるので、二匹も三匹も変わらないからと快く引き受けてくれて、しかもただならぬ様子のタマコとじっちゃんに何も事情を聞きませんでした。落ち着いたらすぐ電話するね、チヨもなるべく早く迎えにくるね、とサーヤに言ったら、パジャマにフリースはおったままの彼女が涙ぐんでいました。おいらも泣けちゃいそうでしたが、それどころではないのです。

不肖タマコ十五歳、生まれてはじめてほんとの世間の厳しさを知りました。じっちゃんの通帳と自分の全財産＋ママの財布の中身を全部とってきたのに、冷たい雨の降る都心に、七十二歳と十五歳の祖父と孫を泊めてくれるホテルがひとつも見つかりません。そりゃ正月で混んでいるのも本当でしょうが、タマコの身分を証明するものは学生証しかなく、じっちゃんの保険証を見せても、当の本人がぼやあっと白昼夢の中であるらしく、フロントの人と会話することができないのです。どうやら気味悪がられていると察し、電話帳めくってローラー作戦をかけてみましたが満室だとかクレジットカードがないと駄目だとか、いんぎんぶれいな答えしかもらえません。そうだ、ウィークリーマンションならどうだと思って電話をしても同じ結果でした。公衆電話のボックスに一緒に入ったじっちゃんの膝《ひざ》が震えているのが伝わってきます。どっかあったかい場所にじっちゃんを待たせておきたいのですが、最近のじっちゃんは目を離すと何をしでかすか不安なのです。ええい、旅館ならどうだ、と思ったところでテレホンカードの度数が切れ、それと一緒にタマコの気力も切れました。

タマコはじっちゃんと手をつないで外に出ます。暮れかかった街に降るみぞれまじりの雨の中を、いちゃいちゃカップルが肩を寄せ合って、目の前を通りすぎてゆきました。今日は見守れません。ねたみそねみです。ラブホにでも行くんでしょうかね。あ、ラブホテルという手があったか。タマコは処女なので思考の盲点でした。確か道玄坂の方にはラブホがいっぱいあるとの噂《うわさ》。コインロッカーに預けた荷物を取って、タマコはじっちゃんの手を引きました。

「泊まれるとこありそうだけど、まだ歩ける?」

じっちゃん、五歳児のようにこっくり頷きます。希望が見えてタマコずんずん歩きます。ゆーきのふるまちをー、ゆーきのふるまちをーと合唱するタマコとじっちゃんを道行く人が振り返りますがへっちゃらの助です。ようやくラブホ街を見つけ、恥ずかしいとかそういうことよりも一刻も早くあったかい場所で休みたくて、タマコはどこに入るか変な色の看板を見渡しましたが、おどろくべきことに見渡す限り満室です。しかしご休憩というのがあるのなら待っていれば入れるかもと、なるべくやぼったそうで人気のなさそうな建物に入りました。普通のホテルと違って顔が見えないようになっているフロントへ行くと「二組様お待ちですが」と言われました。ええ、待ちますとも。待合室はあったかくてソファもあってすれ違ったカップルがぎょっとしていましたが、お互い見えないように作ってあり、セルフサービスでお茶まで用意してあるのに感心しました。ちゃんとしたホテルよりラブホの方が百倍優しいなんて、社会というのはほんとに勉強の場です。

「まあこさん、あったかいね」

紙コップに入れたお茶を渡すと、一口すすりじっちゃんは笑いました。ああ、なんて久しぶりに笑顔を見たことでしょう。

「うん。あったかいね。もうすぐお部屋に入れるからね。お風呂《ふろ》もお布団《ふとん》もあるからね」

じっちゃんは嬉《うれ》しそうに頷《うなず》きます。ほら、タマコの主張通り、ママがいないだけでじっちゃんはこんなにまともになってきました。

ママが帰ってきてからというもの、じっちゃんは急に奇行に走るようになりました。学校での四者面談の日のママの態度を思い出すたび、電柱へし折ってやりたいほどの怒りにかられます。確かにじっちゃんは鍋《なべ》も風呂も空だきをしましたし、服も自分ではうまく着られなかったり、トイレを汚したり、早朝であれ深夜であれ、いつもの三倍ほどのボリュームで延々と歌ったりしていました。ママはそれを鬼嫁のごとく叱《しか》りつけ、果ては布団叩《たた》きの棒で叩いたりしていたのです。立派なドメスティック・バイオレンスです。なのに学校じゃあ気弱な被害者ぶりっこしやがって、社長がいなかったらタマコ絶対キレてたでしょう。

三十分もしないうちに部屋があいたとホテルの人が呼びにきてくれました。タマコとじっちゃんの組み合わせを見ても怪訝《けげん》な顔ひとつしません。そのかわり目も合わせてはくれませんでしたが。

部屋は想像していたよりずっと小ぎれいで、ちょっと狭いけどこれなら住んでもいいと思えるくらいでした。じっちゃんをソファに座らせ、部屋に比べて変に大きなお風呂に湯を張り、じっちゃんを立たせてコートとセーターとシャツとズボンと靴下を脱がせました。全身氷のように冷えきっています。手を引いて風呂場に連れて行くと「まあこさん、一人で入れるよ」とじっちゃんはほわんと言いました。困ったことがあったらすぐ言ってねと笑い返してタマコは部屋に戻ります。自分もやっとコートを脱いで、大きなベッドの上に転がりました。

実際、この年末年始はいろんなことがありすぎでした。さすがのタマコもヘトヘトです。ママは結局会社を辞めて毎日家にいて、大晦日《おおみそか》までじっちゃんのことで果てしなくけんかを繰り返し、年が明けるとお節《せち》も何も用意していない我が家に突然パパが帰ってきました。ママは驚かなかったのでママが呼んだのだとわかりました。パパはお年玉の袋をタマコに差し出しました。もらう筋合いはないので突っ返しましたが、パパはなんにも言いませんでした。だいぶ太って疲れた顔をしていました。自分でお茶を淹《い》れ、台所のテーブルに座ったママの前に腰を下ろしましたが、二人はお互いの顔を見ずただ黙っています。離婚の話し合いにでもきたのだと思い、天気も良かったのでじっちゃんを誘って初詣《はつもうで》に出かけました。気をつかったのではなく、とてもじゃないけど同じ屋根の下に居たくなかったからです。今思えば「ここはじっちゃんの家なんだから外で話しあってこい」とはっきり言ってやればよかったです。じっちゃんと夕飯も外で済ませ、夜になってから家に戻ると、もうパパの靴は玄関にありませんでした。出かけた時座っていた椅子《いす》にママはまだ腰かけていて、そして泣いていました。面倒くさかったので放っておいて、じっちゃんを風呂に入れてとっとと眠りました。その翌日です。ママがぶっこわれたのは。

八つ当たりなのか、いつにも増してママがじっちゃんに暴力をふるうのでタマコは止めに入りました。

「どうしてそんなにじっちゃんが嫌いなのよ。自分のお父さんでしょう」

タマコ、ココロの叫びです。ママが息を吸い込んだので、負けじと大声が返ってくるかと思いきや、握っていた孫の手をぽろりと床に落としました。つっ立ったまま唇を嚙《か》みしめて涙を流しています。いつもの派手な泣き方とは違いました。

「ほんとのお父さんじゃないからなのかもしれない」

しゃくり上げながらママはそう吐き出しました。

「え？　今なんて言った？」

「私はおじいちゃんの後妻さんの連れ子だから。だからおじいちゃんは私の言うことなんか聞いてくれないのかもしれない」

十五年生きてきて、タマコ一番びっくらしました。

「ちょっと待って。じゃあタマコとじっちゃんも血がつながってないってこと？」

「孫はかわいいのね。娘はかわいくなくても」

じっちゃんの変な服装に文句をつけるわりに、ママはきのうのまんまの花柄ブラウスにカーディガン、下はジャージで左右違う色の靴下を履いています。髪もあちこちほつれ相当キテいるようです。

「ううん。おじいちゃんボケてるから、あんたのこと最初の奥さんだと思いこんでるのよ。真子《まこ》さんっていったかしら。お母さんから散々聞かされたけど、おかっぱ頭できっぷが良くてお母さんと違ってなんでもしゃきしゃきできたそうよ。おじいちゃんよりずいぶん年上だったそうだからまわりに反対されて、駆け落ち同然で一緒になったって、しょっちゅうのろけられたって。お母さん、その話聞かされていつもつらかったって」

本物の鬼嫁みたいな口調で、ママは血がつながっている娘に言いました。これだけは言わないでおこうとママなりに守っていた一線だったと思われます。でも追いつめられたママは最後の切り札としてタマコに一撃をくらわせたかったのでしょう。確かに大きな一撃ではありましたが、タマコの頭の中はなんでだか霧が晴れていくような感じがしました。

老人ホームに入れることにしたから。

ママがそのあと口にしたこの一言のほうが、タマコにとって核爆弾でした。よそで子供までつくって別の家庭をもったパパと離婚することが決まり、慰謝料としてじっちゃんの老人ホーム代をパパが出すことになったそうです。冗談じゃありません。出ていくべきなのはママの方だと強く主張しても、おかしくなったママは聞く耳持たずです。だから、タマコはじっちゃんに「駆け落ちしよう」と持ちかけたのでした。案の定じっちゃんの顔がぱあっと明るくなりました。卒業したらちゃんと働ける。そしたら無職のママより立場は強くなる。それまでの間、じっちゃんをママから離して精神的に安定させなくちゃと思いました。じっちゃんは事情も聞かず（というかよくわからなくなっているんだと思う）早朝自分で身支度してタマコと二人家を出ました。

じっちゃんの鼻歌がお風呂から聞こえてきます。よかった。ヤケクソじゃない楽しそうな歌声も久しぶりです。タマコは起きあがり、リュックから携帯の充電ケーブルを取り出しました。次どこで充電できるかわからないので、電気スタンドのプラグを引っこ抜いてそこに差しました。

「まあこさんも、あったまってきたらどうかね」

じっちゃんの声に振り向きます。ラブホの変な浴衣《ゆかた》だかパジャマだかわからないものをじっちゃんはちゃんと着て立っています。ああ、じっちゃんが大丈夫になってきてると実感がわいてきて、体中に入りまくっていた力が抜けるのがわかりました。

「眠いからいいや。じっちゃん、おなか空《す》いてない?」

テーブルの上には食べ物のメニューもあって、タマコはじっちゃんに見せます。首を振ってじっちゃんはベッドにもそもそもぐりこみ、タマコを見て布団の端をめくってほほえんでいます。まだタマコが小さかった頃、じっちゃんは毎晩こうやって自分の布団にタマコを入れてくれました。だから抵抗はありませんでした。それどころか冬の朝のチヨのように、駆け寄ってじっちゃんの横に滑りこみます。

布団の中でタマコはじっちゃんにしがみつきました。髪をなでられ、あったかくてとろけそうに気持ちがいいです。

「まあこさんの髪はほんとにきれいだなあ」

呟《つぶや》くじっちゃんの顔をタマコは見上げました。きっとじっちゃんの目には、孫タマコではなく、年上の妻まあこさんが見えているのでしょう。それでもまったく構いませんでした。タマコはじっちゃんが大好きです。

だからじっちゃんの手がタマコのセーターの中に入ってきても大丈夫でした。不器用にシャツのボタンを外そうとしているので、自分から全部脱ぎました。じっちゃんは優しくタマコに触れました。だからタマコも優しくじっちゃんを抱きしめました。じっちゃんの乾いた唇に自分からキスしてみました。本当に不思議なほど恐《こわ》くはありませんでした。じっちゃんのいつもだらんとしたあそこ、トイレに失敗したり、お風呂を沸かしすぎてうろたえているとき見たじっちゃんの中心が違うものになっていても、タマコはそれでもじっちゃんが大好きなのでした。

三学期の始業式前日、ゴンタマから俺の携帯に電話があった。教えたときは度々かかってくるのではと正直不安だったのだが、この時が本当に初めてだった。

「先生。もしできたら助けて」

しかもそんなことをあのゴンタマが言ったのだ。夕飯の支度をしていた恋人が「誰？」と小声で聞いてくる。俺は携帯を掌《て》で覆《おお》い「生徒だからちょっと待って」と告げる。

「生徒なんかに携帯の番号、教えないって言ってたじゃない」

「うるさいな。黙ってろよ」

思わず怒鳴りつけ、俺は携帯を慌《あわ》てて耳に当てる。

「どうした？　なんかあったのか？」

「彼女さんが来てるならいいや」

明るい調子を装《よそお》っても、気落ちしているのが伝わってきた。

「いや、大丈夫だから。どうした？」

「うん。困ってるの。助けてもらえないかと思って」

ゴンタマにしては歯切れが悪く声に力がない。

「助けるから。今どこだ？」

姥山の店がある駅名をゴンタマは告げた。

「じゃあ迎えに行くからそこに居ろ」

「じっちゃんも一緒なんだけど」

「わかった。とにかくすぐ行くから待ってろ」

電話を切って椅子に掛けてあったコートを羽織ったとき、彼女が泣いているのに気が付いた。ああ、そういえばこの子を怒鳴ったのは初めてだったかもしれないと思いつく。

「本当に申し訳ないけど、生徒に何かあったみたいなんだ。たぶん連れて戻って来ると思う」

「帰れって言ってるの？」

「そんなこと言ってない」

「別れたいならそうする。もういつまでも私のこと、我慢しないでいいよ」

「我慢なんかしてない」

それ以上口論するのが面倒で、俺は家を飛び出した。ちょうどやって来た空車のタクシーを捕まえて乗り込む。急いでいると運転手に告げると住宅街の抜け道を使って最短距離でゴンタマの待つ駅に着けてくれた。今にも雨か雪を落としてきそうな重く垂れ込めた空の下、駅の改札口で大荷物を足下に置いたゴンタマとじいさんが着ぶくれして立っていた。じいさんの目がぼんやりしているのに対して、ゴンタマの目が氷のように冴《さ》え冴《ざ》えと光っている。

「どうしたんだ」

ただごとではない雰囲気に俺はゴンタマの肩に手を置いた。

「先生んちで少し休ませてくれたら助かるんだけど」

目だけは生きていたが、ゴンタマの全身から疲労の空気が立ち上っていた。この様子では良い方に考えても家出は確かだろう。とにかく俺はタクシーに荷物ごと二人をつっこみ自宅まで連れ帰った。予想通り彼女の姿はもうなかった。

じいさんをソファに座らすとすぐに居眠りを始めたので、俺はゴンタマの手を借りて寝室のベッドにじいさんを寝かしつけた。つい数時間前、恋人と抱き合ったベッドで抵抗はあったが仕方ない。じいさんはずいぶん老《ふ》けたように感じた。キッチンで紅茶を淹れてソファに座ったゴンタマの前に置く。

「で、何事なんだ?」

「結論から言うと、しばらく匿《かくま》ってほしいんですけど」

俺は床に置いたクッションに座り、頭を掻《か》きむしった。

「その結論に至る過程を順番に話してくれ」

頷《うなず》いた彼女はマグカップを両手で持って、おいしそうに、本当においしそうに紅茶を半分程飲んでから話し出した。

四者面談の日から話は始まり、あの母親の暴力、父親の来訪と離婚の話。そしてじいさんが老人ホームに入れられそうになって駆け落ちを決意。ゴンタマは母親の存在がじいさんの症状を悪化させていることを強調した。しかし比較的冷静に聞けたのはそこまでだった。じいさんとゴンタマに血の繋《つな》がりがないことが判明し、泊まる所がどこにもなかったので、毎日違うラブホテルを泊まり歩いていたそうだ。そしてとどめの一言がこれだった。

「タマコとじっちゃんはコトに至ったんだ。だから十六になったらすぐ、結婚するってじっちゃんと約束したの」

平然と言って退《の》けられ、俺は固まった。やったのか？　あのじいさんと本当にやったのか？　と何度も問い質《ただ》したかったが、聞けるわけがなかった。

「ラブホは続けて泊まるのはダメだって言われて、昼間は外にいて、夕方になると違うホテルに泊まってたんだけど、ずっとこうしちゃいられないからアパート借りられないかと思って不動産屋にいったの。でもまだ営業してないとこ多くて、やってるとこでも相手にしてもらえなくて」

残りの紅茶を飲み干して、ゴンタマは息を吐く。

「四月になったらちゃんと働きだせるし、結婚したら堂々とママを追い出せるから、それまでウィークリーマンションとかで何とか繋ごうと思って。どっか見つかるまで、ほんと先生には申し訳ないんだけど、ここに居させてくれないかな。なるべく迷惑かけないようにするから」

「おい待てゴンタマ」

俺が続きを話し出すのを、きちんとソファに座った彼女は目をぱっちり開けて待っている。疲れていても髪と肌に水分がいきわたって瑞々《みずみず》しい。去年、生徒の父親が事故で突然亡《な》くなったとき、その葬式で生徒の母親、つまり亡くなった男の妻だった女性がこんな感じに恐いほど綺麗《きれい》だったことを思い出す。張りつめた責任感と、根拠のない、だがしっかりと根付いた生きていく自信。

「どうして……」

どうして姥山の所に行かないんだと聞きかけてやめた。行けないから俺のところに来たのだ。俺はもうすぐゴンタマにとって過去の人間になる。無自覚なのだろうが、将来を預ける人間に弱みを見せたくないのだろう。

「とにかくお母さんに連絡してみよう」

「やめて。居場所チクるなら今すぐ出てく」

きっぱり言われ、俺は立てた膝《ひざ》に額を押し当てた。

「簡単にハイそうですかって言えるか。俺は教師だぞ。それに１ＬＤＫにどうやって三人暮らすんだ」

「先生のベッド大きいじゃん。三日でいいよ。タマコとじっちゃんに貸して。このソファも大きいから、ここでもいい。じっちゃん、体力的にキツくなってるから」

懇願に近いゴンタマの言葉には、以前のようなずる賢さや策略めいたものはなかった。全部本気で、本当に打つ手がなくなってここに居るのだろう。唸《うな》っているとチャイムが鳴って、俺は立ち上がった。インターホンから宅配便を告げる声がする。玄関を開けると大きくて重い段ボール箱を渡された。毎月のように実家から届く食料品で、要らないと言っているのに母親が缶詰やら果物やら干物やら果てはゆで卵まで入れてきた事がある。今年は正月に帰らなかったのできっと餅《もち》でも入っているに違いない。

俺はゴンタマを振り向いて見た。三十一にもなった俺に母親はまだ食い物の心配をしている。しかし十五のゴンタマは、母親に食い物どころか進路も生活も心配してもらえていない。後ろめたさが襲ってきて見られないようにしようと思ったが遅かった。目ざといゴンタマはもう俺の後ろに立って、宅配便の伝票を覗《のぞ》き込んでいた。

「お母さんから？　なに？」

あっけらかんと笑って、しかもからかうようにゴンタマは俺の背中を小突いた。

「お前は自分が可哀相だとか思わないのか？」

思わず聞いてしまってから「しまった」と思った。きょとんと彼女は瞬《まばた》きする。

「タマコの？　どこが？」

感傷も自己憐憫《れんびん》もない十五歳に俺は降参するしかなかった。ここで追い出して、どこでどうしているのかヤキモキするよりはましだろう。

「わかったよ。しばらく居ていいから。どうするか、俺にも考える時間をくれ」

顔を輝かせたゴンタマに、学校を休まないことを約束させ、彼女が作っていったポトフを食べさせた。きれいに皿を平らげると眠いと言って彼女はすぐ寝室に消えて行った。

リビングの電気を落としてソファに横になり毛布を被《かぶ》ったが、寝室が気になって仕方なかった。血が繋がっていないことがわかったとはいえ、今まで祖父と孫として過ごしてきて、いくら仲が良くても事に至るような感情が湧《わ》くものだろうか。他人から聞いた知らない人間の話なら俺は相当気色悪くこの話を受け止めただろう。缶ビールを何本か飲んでみたが、眠りは明け方近くまで訪れなかった。

翌朝、キッチンの物音で目が覚めた。寝ぼけた視界に制服姿のゴンタマが何やら作っているのが見える。小振りのダイニングテーブルにはセーター姿のじいさんが座り、朝食を食べていた。

「あ、先生、起こしちゃった？」

昨日より明らかに元気な顔になってゴンタマが振り返った。

「冷蔵庫の中のものと、お母さんセットの中のお餅、使わせてもらっちゃったんだけどごめんね」

いいけど、と呟き立ち上がる。餅を焼く香ばしい匂《にお》い。味噌《みそ》と油とコーヒーの匂いもする。俺の彼女だって朝食くらい作っていたが、こんな生活感が一気に押し寄せてはこなかった。嫌なわけではないが戸惑った。顔を洗って戻ってくると、じいさんの姿はなくなり、代わりにゴンタマが座って雑煮らしきものを食べていた。

「先生も食べる？」

「いや、朝は食欲なくて」

コーヒーメーカーに作ってあったコーヒーをカップに注ぎゴンタマの前に座ろうとして、レンジの横に弁当箱（といってもうちにあったタッパーだ）が三つあるのを発見した。

「あの弁当は？」

「じっちゃんとタマコと先生の」

「あのなー」

「要らないならいいよ。ついでに作ってみただけだから」

雑煮を食べ終わるとゴンタマは「さて」と言って立ち上がった。弁当を大判のハンカチでくるんで鞄《かばん》に入れる。

「タマコ、先に学校いくね。じっちゃんは寝てるって。センセー合い鍵《かぎ》あったら借りてもいい？」

有無を言わさない勢いに、俺は躊躇《ちゅうちょ》する間もなく予備の鍵をゴンタマに渡す。一度寝室に戻ったゴンタマはじいさんに何か言ってそのまま玄関に向かった。

「おい。今日は終わったらまっすぐ帰って来いよ」

「ええとね。サーヤ達と約束があるんだけど……あ、そうだ先生も一緒にきなよ。そうしてそうして。どっかで待ってるから携帯に連絡してね」

なんで俺が、と言いかけた時、もうコートにリュックを背負ったゴンタマは玄関の外へ消えていた。残された弁当箱を見ていたらにわかに空腹を覚え、俺はそれを食べてから出かける支度をした。寝室からはじいさんの大きないびきが聞こえていた。

学校へ着くと相変わらず俺が教員の中で一番遅かったようで、無言の非難の視線を職員室中から向けられた。机の上の伝言メモに「権藤たまこの母親から電話あり」とそっけなく書かれたものを見つける。隣のデスクの英語教員は優しくないかわりに、お節介や詮索《せんさく》や、教育論も垂れないのでこういう時は助かる。けれど俺はどうしても母親に電話を返す気になれなかった。夜にしようと自分に言い訳をしてメモを裏返した。

始業式が終わると大掃除をするのがうちの学校の恒例行事となっている。その後簡単な会議があり、俺はそれを終えるとすぐ学校を出てゴンタマに電話をかけた。「みんなミスドで待ってるんだから早くきてよ」と怒られてしまい、俺は無言で電話を切った。

学校の最寄り駅から三つ離れた駅前のドーナッツ屋で、ゴンタマ達は俺が来るのを待っていた。六人全部水泳部の女子だ。沙也加のスイミングが久しぶりに休みなのでカラオケへ行くと言う。

「保護者なしのカラオケボックスは禁止だぞ」

俺が呆《あき》れて言うと、ゴンタマ含む六人の中学生が、ボックス席の一番奥に埋もれるように座っていたじいさんを振り返った。じいさんは突然みんなの注目を浴び、びっくりした様子の後、ぎくしゃく笑ってピースサインを出した。なるほど確かに保護者には違いないが。もうどうにでもなれとヤケクソで俺は生徒達とカラオケボックスへ向かった。彼女達は慣れた様子で部屋指定をし（入っている機種によって全然曲数が違うのだと誰かが熱弁した）ドリンクを頼むのもそこそこにボックスに入るとすぐ誰かが曲をセットする。

流れてきたのは俺でも懐《なつ》かしい古い歌だった。ゴンタマとじいさんが立ち上がってマイクを握り、楽しそうにイントロからリズムをとっていた。

りんーごのきのしたでぇ、あしたーまたあーいましょう。どうやら彼女達はこのじいさんと一緒にカラオケし慣れているようで、楽しそうに合唱していた。たのーしく頬よせてぇ、恋をささやーきましょう、深紅にもえる思いい、りんごーの実のようにー。俺も皆に交じって素直に拍手した。こんなにいい歌だったかなとさえ思ってしまう。その後は皆若者らしく次々と最新Jポップを競うように歌った。先生もと強く言われ、適当にサザンあたりを歌っておくと「うまいけどつまんないね」と辛辣《しんらつ》なことを言われた。じいさんは途中でリクエストされ「花」を歌い、驚くべきことに中学生たちがそれを涙ぐんで聞いている。

泣きなあさい、笑いなさあああい、いつの日かあ、いつの日かあ、花をさかそうよう。

音程外れまくった、でも朗々と歌うじいさん。ボケているのかいないのか。狂っているのかいないのか。十五歳の女子達はこのじいさんが気味悪くないのか。俺はわからなくなり混乱した。

「まあこさん、お手洗いにいきたいです」

歌い終わるとマイクを通した大きな声でじいさんが言う。そして唐突にマイクを手から落としてすごい音をたてた。みんなは笑い、ゴンタマも笑顔でじいさんの手を引いてボックスを出て行った。

「おい、ちょっとお前達、聞いていいか」

かかった曲をストップボタンで止め、俺は言った。

「止めんなよな、カニータ」

「悪い。でも教えてくれ。お前らゴンタマとじいさんのこと、どう思う？」

前髪を掻《か》き上げ、隣に座っていた名前も思い出せない生徒が答えた。

「どうもこうも、ただのちびまる子ちゃんとトモゾウじゃない？」

全員が頷いた。だがしかし、まるちゃんとトモゾウはセックスしないだろうし結婚もしないだろう。

「それ以上のものを感じないか？　なんつーか恋人同士みたいな」

「キモいこと言うなよ、カニータ」

「えー、別にキショくないよ。お似合いだと思うな、あの二人」

「そういえばさ。でもタマコって一年の時、横山のこと好きだったじゃん。バレンタインにコクッて振られてたけど」

「どうでもいいんじゃないの。なんかセンセー問題あんの？」

ドリンクに付いてきた煎餅《せんべい》をぼりぼり囓《かじ》りながら生徒達が言う。

「じゃあ、アレだ。ゴンタマが高校行かないのは知ってるんだろ。それはどうだよ」

照明の暗いカラオケボックスの中で、足を組んだり頬杖《ほおづえ》をついたりしてこちらを見ている女達に、中学生ではなくいっぱしの女達に囲まれている錯覚を起こす。

「友達がドロップアウトしてくの、可哀相とか思わないのか？」

そこでゴンタマと一番仲のいい沙也加が「あのさー」とだるそうに手を挙げた。

「ドロップアウトしたのはゴンタマじゃなくて、むしろセンセーの方に見えるな、私は」

無防備だった俺はその台詞《せりふ》にずどんと打ち抜かれた。子供って奴《やつ》は無責任な分、残酷で正しいことを言う。誰かが曲を入れ歌いはじめ、俺が呆然《ぼうぜん》とシートに寄りかかったときだった。

ボックスの扉が勢いよく開き、血相を変えたゴンタマが「じっちゃんがっ」と叫んだ。続きを言う前に貧血を起こしたように床に崩れる。俺は反射的にトイレへ走った。救急車を呼び、ゴンタマと一緒に俺はそれに乗り込む。涙ぐんでいる他の生徒には

「必ず連絡するから自宅待機」と言い渡した。じいさんは意識がなく、ゴンタマは救急隊員の質問に気丈に答えていた。じいさんの名前、歳《とし》、住所、常用していた薬、最近の体調と今日の倒れた時の様子。けれど右手はずっと俺の左手を握りしめ、冷たい汗をかいていた。

総合病院のストレッチャーに載せられ、じいさんが扉の奥に運び込まれると、ゴンタマはまたへなへなと床に座り込んだ。俺は彼女を担《かつ》ぎ上げ、待合室の長椅子《ながいす》に連れて行く。大丈夫か？　寒くないか？　なんか飲むか？　と続けて聞くと、人形のように首を縦にこくんと落とした。俺は缶のロイヤルミルクティーを買ってゴンタマの所に戻る。渡して隣に座る。もう診療時間が終わった待合室に人影はない。蛍光灯だけがやけに白々と明るかった。

ゴンタマは紅茶を一気に飲み干した。そして前を向いて黙り込んでいる。ぴくりとも動かないその様子に掛ける言葉が見つからなくて、俺はゴンタマの頭を思わず抱いた。振り払われるかと思ったら、意外にも彼女は両手を俺の体に回してきた。

「俺は教師になりたくてなったわけじゃないんだ」

今話すことではないのは頭ではわかっていたが、口が勝手にそう喋《しゃべ》っていた。ゴンタマは動かない。熱く湿った息だけが胸にあたっている。

そうだ。俺は大学に残って自分のじいさんと父親と同じように教授への道を行かなくてはいけなかった。けれど大学院に入ってすぐ俺には人より抜きんでた論文が書けないことを思い知らされた。中高一貫の進学校を出て、東大には届かなかったがじいさんが顔をしかめない程度の国立大学に滑り込んだ。だからそれまで大きな挫折《ざせつ》というものを知らなかったし、自分は多くの人間より優秀なのだと思いこんでいた。大学院をすぐに辞め、TOEICの点数と金さえ積めば入れるロンドン郊外のカレッジに入学したのはじいさんにそうしろと言われたからだ。箔《はく》をつけて戻って来れば、コネで学校の教員にしてやると言われたのは屈辱だったが、俺は少しでいいから日本を離れたかった。政治学という本当はまったく興味のない学問を専攻し、一年目はクラブやパブに入り浸っていたが二年目は自分でも感心する程勉強した。そのカレッジさえ卒業できなかった時にじいさんから受けるであろう軽蔑《けいべつ》が恐《こわ》かった。帰国した俺は、ちょうど教員採用がまったくないに等しかった時代に、じいさんと親父《おやじ》のコネで軽々と公立中学校の教員となり、今に至っている。

「じゃあ、なにがしたかったの？」

だいぶ時間がたってから、腕に抱えたゴンタマがくぐもった声を出す。

「何も。なんにもしたくなかった」

そうだ。生徒をかわいいと思う気持ちはないでもなかったが、俺はずっとずっと「ガキども」と彼らを見下してもいた。お前らなんかにゃわからんだろうが、俺はお前らの百倍は優秀なんだ。それを馬鹿《ばか》にしやがって。でもな俺は優秀だから怒ったりはしねえんだ。バカに本気になっても無駄だからな、と心の底で悪態をついてきた。表面上の友達っぽいふり、気をつかっているふり、いいお兄ちゃんのふり。酒を飲んで教育論を闘わす年長の教員達に新デモシカと呼ばれても、あっちが前時代的なのだと気にも留めていなかった。

「すまない。ほんとにすまなかった」

彼女は俺の腕をほどき、顔を覗《のぞ》き込んでくる。

「なんで先生が泣くかね?」

恥ずかしくて下を向いたとき、じいさんが運ばれて行った厚い自動扉が左右に開いた。弾《はじ》けたようにゴンタマが飛んで行く。俺もそれを追いかけた。

まだ若そうな、俺ともしかしたら同い年くらいに見える医師が、ゴンタマと俺を見比べた。

「あたしが孫です。この人は担任の先生」

ゴンタマが早口に言う。医師は領《うなず》いたあと彼女に柔らかく、だがはっきりと言った。

「脳血栓を起こしかけている疑いがあります。わかるかな。脳の血管が詰まりかけてる。でもまだ完全に詰まったわけじゃない」

「じっちゃんは死ぬんですか？」

「大丈夫。今のところ急に亡《な》くなったりはしないでしょう。ただ精密検査をして、結果によっては手術する必要があるかもしれません」

「いつ、いつ、元気になりますか？」

すがりつく勢いのゴンタマの頭に医師は手を置いた。

「時間はかかるかもしれませんが、いつかきっと元気になりますよ」

その絶望的なニュアンスを敏感なゴンタマが受け取らないはずがなかった。最後まで泣かなかった代わりに、ゴンタマは今度こそ本当に倒れて気を失った。


またゴールデンウィークがきました。四月生まれのタマコは十六歳になりました。

卒業式の翌日、前からそうしようと思っていた通り髪の色を抜いて金髪ボブにしました。社長の店でフルタイムで働き、ほとんど毎日じっちゃんのお見舞いにきています。最初の頃はママとパパが、植物人間だの脳死だの大騒ぎをしていましたが、それはお医者さんが怒ってくれたのでおとなしくなりました。年齢と体力のことを考えて手術より薬で治すことになったのです。じっちゃんが切りきざまれなくてよかったとも思うし、もう少し若かったら手術で早く治っていたのかなとも複雑に思います。

あれから四ヶ月弱、じっちゃんはまだ目を覚ましません。ママはもう諦《あきら》めているようですが、タマコはお医者さんの「回復する可能性はゼロではない」という言葉を信じています。ただの慰めか本当のことをいっているのか、そのくらいのことタマコにはわかります。

離婚の慰謝料代わりにパパが入院費を払ってくれているので、じっちゃんの病室は日当たりのいい清潔な個室です。タマコは仕事がある日はその前に、休みの日はほぼ一日中そこにいて、体中チューブに繋《つな》がれたじっちゃんに話しかけたり、商品を製作したりして過ごしています。カニータもたまにやってきます。店にもふらりと顔を見せ、タマコ作のグッズを買っていったりします。気をつかってくれているのでしょうが、もういいのにともタマコ思います。

じっちゃんは腕をつつけばぴくりとします。タマコがこんにちはとまたねのキスをするとなんとなく嬉《うれ》しそうに見えます。生きています。日に日に痩《や》せてゆくのを見るのがつらいですが、点滴の栄養を吸収し、チューブにはちゃんとおしっこが溜《た》まります。じっちゃんは確かに生きています。いつか絶対元気になって、タマコをお嫁さんにしてくれる日がくるのです。

その日は夏がきたかのような陽気で、家を出たタマコは去年の海を思い出しました。今度海に行けるのはいつだかわかりません。でもいつかは絶対ゆけるのです。海はなくなりません。

ゴールデンウィークの狭間《はざま》の平日、久しぶりに休みをもらったので、タマコはお弁当持参で朝から病院に向かいました。夏はじっちゃんの好きな季節なので、きっと少しだけ良くなっているような気がします。

もうすっかり慣れ親しんだ病院に入り、タマコは仲良くなった看護師さんとすれ違うたび手を振ります。看護師さんて、なんてすてきなお仕事。じっちゃんが入院しなければ知らないままだったでしょう。

「タマちゃん！」

一番仲良くなった准《じゅん》看護師の可奈《かな》さんが、廊下のはるか向こうからタマコを見つけて大きな声を出しました。全速力で駆け寄ってきます。看護師さんは廊下を走ってもいいようです。その顔は満面笑顔でした。

「おじいちゃんが目を覚ましたよ」

なにを言われたのか、最初わかりませんでした。

「なにポカンとしてるのよ。さっきよ、五分くらい前。タマちゃんの携帯に電話したんだけど電源切ってあって」

「あ、それはもう病院に着いてたからで……」

「ああもうそんなことじゃなくて早く」

可奈さんにぐいぐい引っ張られ、タマコの足もどんどん加速していきます。それと一緒に頭も回転してきました。じっちゃんが目を覚ました。じっちゃんが目を覚ました。じっちゃんが生き返った。

病室の前まできて、なぜだか急に恐くなりました。入ろうとしないタマコの背中をじれったそうに可奈さんが押します。タマコは仕方なく部屋に入りました。

ブラインドから差し込む明るい光の中で、じっちゃんはベッドの上半身部分を起こしてもらっていました。窓の外に向けていた顔をこちらにゆっくり向けます。

「じっちゃん？」

おそるおそるタマコが問うと、じっちゃんはふんわり笑いました。

「ああ、タマや」

目をみはりました。まあこさんではなく、じっちゃんは「タマや」と言ったのです。

それはタマコが小さい頃、家族中が使っていた呼び名です。

「なんだ、そのガイジンみたいな頭は」

やや顔をしかめ、じっちゃんは言いました。タマコは静かにじっちゃんに歩み寄ります。手を握り頬に唇をよせます。じっちゃんは恥ずかしそうに笑いました。

「まあこのこと、お嫁さんにしてくれるんでしょう？」

「そりゃ最初の女房だ」

ハハハと笑うじっちゃんにあわせてタマコもハハハと笑いましたが、笑いながらももうだめで、だーだー涙が頬をつたいました。あらあらそんなに泣いてと可奈さんがハンカチを渡してくれます。

ブラインドからストライプの青空が見えます。これはいいことなんだとお日様をにらんでも、水道がぶっこわれたように涙は全然止まりませんでした。これはいいことなのです。悲しいと思うタマコがまちがっているにきまっているのです。

# ソリチュード

おれは駄目な男です。誰も彼もがそれを知っていて、許さなかったり許してくれたり、冷笑を浴びせかけたり黙って去っていったり、殴りかかってきたりそれにつけこんできたりしたけれど、おれの駄目さはビタ一文治らなかった。開き直っているわけじゃない。ただそこで一羽のカモメがゴミ箱を漁《あさ》っているように、駄目なおれは冷たい雨の降る駅舎にたたずんでいる。カラスではなくカモメなのは、すぐ近くに海があるからで、東京から来た身には分かっていても違和感がある。

財布の中身は四七八〇円だ。三十八歳の男としては如何《いかが》なものか。駅前の喫煙コーナーで煙草《たばこ》に火をつけながら、実家までタクシーで行くかバスに乗るか考える。煙草もあと一本しかない。せめて一箱買い足さねば。それにしてもカモメならば、港に山のように揚げられる魚を漁ればいいじゃないか。わざわざ駅のゴミ箱をなんでかき回すんだ。まるでひねくれ者のおれのようじゃないか。

煙草を吸い終えてから、バス停の時刻表を雨の中に見に行った。実家方面への次のバスまで一時間強あった。本数がないのは昔からだが、それにしてもあんまりだ。そんな時間を、どうやって潰《つぶ》したらいいのだ。ここいらは昔から喫茶店なんて洒落《しゃれ》たものはない。目を凝らすと、遥《はる》か先にマクドナルドの看板が見えたが、そこで高校生やら子供連れの主婦やらに混ざってじっとしているのは罰ゲームみたいなものだ。それに、バスに乗って家の近くまで行くとしても、バス停から実家まで十五分は歩くのだ。雨のやむ気配はない。駅舎にあるコンビニで傘を買うか。ビニール傘なんか家にくさるほどあるのに。束ねれば白い花束ができるほど何本もあるのに。

「おにいちゃん、どこまで行くの？　観光？」

ロータリーで暇そうにしていたタクシー運転手が声をかけてくる。おれは観光客に見えるのか。そうかそうなのか。このクソ寒い中を、しかも夕闇《ゆうやみ》が降りはじめてきたこんな時間に、観光にくる客が多少はいるのか。

観光ではないことと実家の住所を告げた。駅と家の間をタクシー移動などしたことがないので料金を聞いてみた。

「二千円くらいじゃないの。海のほう回らなくていいんでしょ」

二千円か。払えることは払える。東京に戻る運賃も特急でなく各停なら何とか残りで払える。それでもおれは少し迷った。腹が減ってるからなんか食べてからまた来ますと使わないでもいい方便を使い、おれは駅に戻った。煙草を買おうとコンビニに入りかけ、その傘立てに数本の濡《ぬ》れたビニール傘を見つける。それを手にし、何食わぬ顔をして外へと歩き出す自分の映像が脳裏をよぎった。それは窃盗だ。しっかりしろ。何しに故郷に帰ってきたと思ってるんだ。

おれは踵《きびす》を返し、タクシーへと戻った。運転手は薄く笑っただけで何も言わなかった。今のところ腹は減っていない。特急の中で弁当を食ってビールを二本飲んだ。金もないのに。

駅前商店街の中を車が抜けていく。平日とはいえすれ違う車もない。延々と続く、目のくらむようなシャッター商店街を、おれは水滴の滴《したた》る窓から眺めた。

再度おれは財布の中身について考える。自分の親が死んだ場合も香典というのは必要なのだろうか。香典どころか二十年ぶりに帰る実家に手土産ひとつ買ってこなかった。こんなふうにあれこれいらんことを考えてしまうのは、やはりおれは動揺しているのだと思う。

二十年ぶりに実家の玄関の前に立ち、チャイムを押そうか、昔のようにただ黙ってドアを開けようかしばし考えた。昔、この家は鍵《かぎ》なんか掛けなかった。近所の家もそうだ。しかしさすがに今は違うだろう。まわりにはしゃれた感じの一戸建てが増え、道路だってきちんと舗装してある。国道でタクシーを降り五分ほど歩いている間に見た大きな家には警備会社のシールが堂々と貼《は》ってあった。

なのでチャイムを押した。新しく取り付けたのであろうインターホンから返事があると思っていたら「はあい」と言いながら母親が顔を出した。あまりに急だったのでおれは言葉を失った。

「あら、誰かと思ったら。おかえり」

おかえり、と言われたので、ただいまと呟《つぶや》いた。自分の口から出たとは思えないようなか細い声が出た。

「そんなに濡れて。傘持ってなかったの？」

菜箸《さいばし》を持った母親は、質問の答えを待つ様子もなく家の中へと戻って行く。

「あの、かあちゃん」

玄関に立ったまま、おれは母親を呼び止める。怪訝《けげん》そうに母は振り向いた。

「上がっていいんですか？」

「なに言ってるの。自分の家でしょう」

本当にそうか。真に受けていいのか。叩《たた》かれるとか泣かれるとか、おといきやがれとか言ってくれたほうが自分の家だという気がする。それでもおれはブーツを脱いで懐《なつ》かしい家に上がったのだ。

家の外見に変わった様子はなかったが、部屋の中は若干リフォームしたようだ。いわゆる茶の間だった和室は洋室になり、明るいベージュの絨毯《じゅうたん》が敷きつめてあった。小さめの食卓と革張りのソファが置いてあり、薄型の液晶テレビまであった。その横には何故《なぜ》か最新のゲーム機まで置いてある。L字型ソファのテレビの正面のあたりが人の形にへこんで型くずれしていた。それを見て、ここに父親はずっと座っていたのかもしれないと思った。

「春一《はるいち》、夕飯食べるだろ？」

廊下から顔を覗《のぞ》かせて母親が聞いてくる。またもや返事を聞く前に母は言った。

「水炊《みずた》きしようと思ってたとこだったから、ちょうどよかった。すぐ出来るから、その前にお父さんにお線香あげてきて」

さらりとなんでもないことのように母は言い、姿を消した。それでおれはのろのろと奥の和室の襖《ふすま》を開ける。

そこはほとんど昔のままだった。正面に大きな仏壇があり、むせるほど抹香臭い。

ばあちゃんがまだ生きていて、この部屋に住んでいた時は、姿見だの炬燵《こたつ》だの着物用のえもんかけだのが置いてあったが、それがなくなった分、仏壇が華やかになっていた。華やかという表現が適切かどうか分からないが、先祖代々の位牌《いはい》に新しい仏様であるところの親父《おやじ》が加わり、花や果物、各種の供物《くもつ》があふれかえり、線香は天井を覆《おお》うような勢いでもうもうと煙を排出していた。

仏壇の前に正座し、父親の遺影を見上げる。ただじっと見上げた。とある女に言わせるとおれはコミュニケーション不全というやつらしく、確かに感情をうまく言葉にできない。そして今気がついた。言葉にできない以前に、頭の中で、あるいは胸のうちで、己の感情がどういうものなのかうまくつかめないのだ。悲しみでも憐憫《れんびん》でも無念でも後悔でも安堵《あんど》でも喜びでもない。適当な単語が見つからない。ただ、親父は死んだ。その事実しか気持ちが捕まえられない。

しかし、いつまでこうしていても仕方ないので、おれは被《かぶ》っていたニット帽をとり、眼鏡についていた水滴をシャツの裾《すそ》でぬぐい、新しい線香に火をつけた。掌《て》をあわせる。とうちゃんどうよ？　そこはどうよ？　天国なの、地獄なの？　酒飲めてる？　ばあちゃんに会えた？　犬の大吉に会えたかよ？

「ハルー。ご飯できたよー」と母が廊下の外から呼ぶ。

おれは立ち上がろうとしたが、足がもつれて座敷に尻餅《しりもち》をついた。ものの三分も正座していなかったのに。

母親はひとまわり老《ふ》けていた。老けてはいたがそれは想像以上ではなく、むしろ年齢よりずっと若く見えた。こざっぱりした髪も顔の肌つやの良さも、つい先日長年連れ添った亭主と死に別れた女のものとは思えなかった。カラ元気なのか、本当に元気なのか、鍋《なべ》の向こうの母親は一人息子を前にややはしゃぎ気味だった。

「鶏肉《とりにく》買いすぎちゃって冷凍しようと思ってたんだけど、お前が来てよかったよ。豆腐も野菜もいっぱいあるからね。ご飯はあとでおじやにしようか」

「いや、そんなに腹減ってないから」

聞いているのかいないのか、母は頷《うなず》くと手元のリモコンでテレビを点《つ》けた。東京と変わらない天気図がそこに映し出される。

しばらく黙って水炊きを食べた。興味もないのにおれは天気予報を見つめる。七時のニュースがはじまると、母はチャンネルを変えた。お笑いタレントとグラビアアイドルが出ているクイズバラエティー。おれはこんな時間にテレビを観《み》ることはないので、なんだか新鮮で見入ってしまう。母親はいいと言うのに鍋の出汁《だし》でおじやを作った。断りきれずに一膳《ぜん》だけ食べると、蜜柑《みかん》とお茶が食卓に並んだ。蜜柑を剝《む》いて食べてしまい、湯飲みにお茶が再度注がれたとき、おれはやっと母親に向き直った。飯食ってテレビ観て蜜柑食いに来たんじゃない。

「あの、かあちゃん」

「んー?」

母親はクイズの答えを考えているのか、こちらを向かない。

「ごめんな」

きょとんとして母親はおれの顔を見た。

「親父の葬式、間に合わなくて」

「いいってば。だって知らなかったんでしょう?」

「いや、武藤に聞いてたんだ。ごめん」

「だからいいってば。お前だって仕事とかいろいろあるんだろうし」

恨み辛《つら》みを言われても困るが、あまりにも母はそっけない。一人息子はもう死んだものとして、とっくに諦《あきら》めていたのかもしれない。それでもおれは重ねて謝った。

「家出したっきり二十年も音信不通で心配かけて、その上親父がこんなことになってもすぐに来なくて……」

「元気だったんでしょ？」

　蜜柑の皮をまとめながら母は言う。

「は？」

「元気だったんなら、それでいいの。お父さんだってきっとそうよ。交通事故おこしたり、犯罪でも犯してなきゃそれでいいのよ」

　母の言葉におれはうつむいた。この人はこんなに物わかりがいい人だったか。そうだ、そうかもしれない。うるさかったのは父ちゃんとばあちゃんだった。

「親父、何で死んだの？」

　聞かないのも変だろうし、聞いてみた。母は小首を傾《かし》げてから「くも膜下出血」と自分に言い聞かせるように言った。

「仕事中にね。で、労災が下りそうなの。生命保険も下りるし、とりあえずお金のことは心配ないから」

「そっか」

「それで、おまえ、いつまで居られるの？」

　返答に詰まる。明日帰る気でいたのだが、何となく言い出せなかった。

「ま、いいわ。あれこれ詮索《せんさく》すると、おまえまた黙ってどっか行っちゃいそうだから」

「行かないよ」と考える前におれは即答していた。「かあちゃんがいいって言うまで居るよ」おれは付け足すように呟いた。

「美緒《みお》ちゃんに会って帰れば？　お葬式のときにずいぶん助けてくれたのよ」

母はそう言い置いて洗い物をしに台所へ消えた。最後の一言は、もしかしたら嫌味だったのだろうか。無性にビールと煙草《たばこ》がほしくなった。

二階にあるおれの部屋は、完全に昔のまま残されていた。母が定期的に掃除をしてくれていたのであろう、床も家具も埃《ほこり》っぽさはなく、パイプベッドの上の布団《ふとん》さえ日に当ててた匂《にお》いがした。それとも父親の死で、息子が帰ってくるかもしれないとやはり期待していたのだろうか。

最後の煙草はタクシーの中で吸ってしまったので、母親が風呂《ふろ》を使っている隙《すき》に仏壇に供えてあったマイルドセブンをくすね盗《と》り、ついでに冷蔵庫から発泡酒を二缶頂き、食器棚から無難と思われる小皿を灰皿代わりに拝借してきた。

風呂上がりに、洗濯してあるから大丈夫と親父のパジャマと下着を出されたが、いくらなんでも死んだ親父のパンツを穿《は》けるほどおれはできた人間ではない。できればパジャマも辞退したかったが、義務というより礼儀だと思って黙って着た。母親は満足そうに見えた。

おれは自室の電気を消し、ベッドのパイプに取り付けてあったクリップ式の小さいライトだけ点けた。十八だったおれも天井の蛍光灯が好きではなく、よくこのライトだけで過ごした。間接照明なんて単語すら知らなかった頃だ。あの頃から既に薄暗いところを好んでいた。

窓を開けると雨の匂いが鼻をついた。サッシの縁に腰掛けて煙草に火をつける。普段セブンスターを吸っているがこの際贅沢《ぜいたく》は言わないでおこう、と思ったら親父のマイルドセブンはタール1ミリグラムで小馬鹿《こばか》にされたような味がした。

腕時計を見ると、まだ九時台だった。普段ならこれからやっと仕事が忙しくなる時間だ。発泡酒をあおって息を吐く。外は隣家の窓がぼんやり灯《とも》っているだけであとは何も見えない。窓を離れて床に座り、ベッドに寄りかかってみる。壁に貼られた仔猫《こねこ》のポスターが日に焼けてめくれかけていた。おれではなく美緒が貼った。フィルムを現像したら店の人がくれたのだと嬉《うれ》しそうに笑っていた。いつか一緒に猫を飼おうねと言って。

数日このまま実家にいれば、自然に美緒に会ってしまうだろう。帰ったほうがいい。

会わないほうがいい。今更会わす顔があるわけがない。やっぱり明日東京に戻ろう。金はほんの少し母親に借りれば大丈夫だろう。

電車の時間を調べようと、携帯の電源を入れた。東京駅で特急に乗るときに電源を落としてあった。誰かから連絡があったら決心が揺らいでしまいそうだったからだ。暗い手元にオレンジ色の画面が発光する。

着信履歴が五件、メールが三通あった。着信はすべて同居人からで、メールはその同居人、店の馴染《なじ》み客、今日東京を離れる前に金を貸してくれた女の子という順番だった。

女の子からのメールだけ読んだ。絵文字つきの長文だったが、要約すると「今日は楽しかったです。早く帰ってきてくださいね」ということだった。

おれはこの子の財布に入っていたお札を全部貸してもらった。一万円札と千円札が一枚ずつ。返しに来てくれるなら喜んで貸します、と彼女は面白そうにおれを見て言った。

返しに行くとも。借りた金を返さなかったことなんて一度もない。返すのに時間がかかるだけだ。

こんな早い時間に眠れるわけがないと思っていたのに、いつの間にか強烈な睡魔に襲われた。そういえば昨日は仕事が終わったあと寝ていなかった。おれは酒臭いまま、女の子と午前中からディズニーランドに行ったんだった。ほとんど東京といっていい場所にあるのに、あれほど避けていた千葉県に足を踏み入れたことで、おれは生まれ育ったこの町に強い力で吸い寄せられるのを感じた。抗《あらが》うことができなかった。

懐かしいベッドに入ると、それは覚えていたのと違ってずいぶんと硬かった。

翌朝、母親に起こされた。片づかないから朝食を食べろと、穏やかに、でも容赦なく言われておれはパジャマのまま階下へと下りて行った。こんなによく眠ったのは久しぶりだった。

カーテンの開け放されたリビングには日が差し込み、冬だというのにずいぶんと暖かい。ハムエッグと茹《ゆ》でた野菜が食卓に載っていた。母の姿を捜すと、トーストの皿を手にして台所から現れた。

「パンでよかった?」

「いやもう、何から何まで」低姿勢で顔の前で手を合わせる。だいたい朝飯なんてここ何年も食べたことがない。食欲はなかった。でもおれは食事をした。

母が庭に出て洗濯物を干している姿が見える。部屋着ではなく、きちんとしたセーターとスカートを身につけていた。ちょっとやりすぎの感がある化粧をしている。

「春一。お願いがあるんだけど」

部屋に戻ってきた母は、髪を手で直しながら言った。

「食器なら片づけとくよ」

「それはいいんだけど、お母さん仕事に行くから、夕方までに買い物してきてくれるかしら。車乗って行っちゃうから、悪いけど自転車で」

「仕事？　仕事してんの？」

「まあねえ。職場の人はもっと休んでいいって言ってくれるんだけど、働いてる方が気が紛れるし」

照れたように母は微笑《ほほえ》む。おれが驚いたのは夫を亡《な》くしてすぐに働いていることではなく、母親が働いているというそのこと自体だった。

「仕事って何やってるの？　いつから？」

「やあねえ、いいじゃない」ますますはにかんで母は笑った。なにをクネクネしてるんだ。男でもいるのか。

「安い紳士服のチェーン店があるでしょ。このへんにもずいぶん前にできたのよ。パートで入ったんだけど、長く勤めたから契約社員になれたの」

「親父《おやじ》がよく許したなあ」

「叱《しか》られないわよ、そんなことで。おばあちゃんが生きてたときなら違ったかもしれないけど」

買い物リストのメモを母は手渡してきた。スーパーへの簡単な地図も書いてある。おれがいない間にできた店なのだろう。コートを羽織った母におれは思わず「あっ」と声を出した。

「なに？」

「ええと、あの、母ちゃん悪い、おれ持ち合わせがちょっと」

母はこちらをじっと見つめてから、部屋の壁掛け時計に視線を向けた。「ちょっと待ってて」と言うと奥の部屋へと向かった。戻ってきた母の手には、通帳と印鑑があった。

何故《なぜ》か母が床に正座をしたので、おれもつられて床に膝《ひざ》をつく。差し出された郵便局の通帳を受け取って見ると、おれの名義になっていた。

「おまえが生まれたときから、将来結婚でもするときに渡そうって、お父さんが貯《た》めてたお金です」

おごそかに母は言う。

「結婚してるかどうか知らないけど」

「してないよ」

「どっちにしろ、渡しそこねたお金よ。好きに使いなさい」

膝の上で拳《こぶし》を握り、おれは唸《うな》った。

「もらえないよ。それ、今はもうかあちゃんのもんだよ」

「じゃあ、お母さんがいつかよぼよぼになったら助けてくれるって条件で、受け取りなさい。これは買い物の分」

絶句しているおれをよそに、母は五千円札を押しつけてさっさと出掛けてしまった。

今日帰ろうと思っていたのに、言い出すきっかけもつかめなかった。

通帳を開くと、定期の欄に腰を抜かすほどの金額が印字してあった。おれの年収の倍近くある。一度だけ万馬券を当てたことがあるが、その時のような幸運は感じられなかった。またもや感情にぴったりくる表現が見つけられない。当惑？　後ろめたい？　でも、この金で借りを返せる人間の顔もいくつか浮かぶ。

暖かいはずの部屋が肌寒く感じられて、着替えようとおれは部屋に戻った。閉めてあったカーテンを何気なく開けると、窓の外に異様な物を見つける。口を開けたまま、それを見上げた。

家の前に広がる畑の真ん中に、白くて太い煙突のようなものが忽然《こつぜん》と立っていた。ビルの高さほどありそうなそれは、てっぺんに三本の羽が付いており、日差しを受けてゆっくりと回っている。風車だと認識するまでに数分時間がかかった。朝からびっくりしすぎる。よくない予感がした。

自転車で故郷の町をまわってみたところ、風力発電のものとみられる風車は町のあちこちににょきにょきと立っていた。この海辺の町に風車ができたと聞いたことはあったが、これほど何本も立っているとは思わなかった。昔見たアメリカ映画の記憶から、海辺に並んであるものだと思いこんでいた。だが、そのへんの住宅地やコンビニの駐車場から点在している風車が間近に見えるのだ。昨日は雨でけぶって見えなかったのだろう。この田舎町で育ったおれには畑や空き地に突如メタリックな人工物が生えている様子は、地球防衛軍でもできたのか、とすら感じられる。

携帯の充電が切れそうで、コンビニで携帯ショップが近くにあるかどうか聞いたが、ママチャリで行ける距離にはなさそうだった。仕方なく簡易携帯充電池を買う。ヘインズのTシャツと下着も買った。

母親に頼まれた食材を買ったら金がなくなったので、おれは家に戻って買ってきたセブンスターに火を点《つ》けた。灰皿は戸棚の奥から見つけだした。冷蔵庫を漁《あさ》って昼飯に炒飯《チャーハン》を作り、またもや発泡酒を勝手に飲んでソファで昼寝をした。何か考えなくてはならないのだろうが、やたらのんびりしてしまって面倒なことすべてに保留ボタンが押されるのがわかった。

夢の中で玄関の扉が開く音がする。誰かが廊下を歩いてくる。そうだ、実家なのだから、そりゃ誰かいるだろう、と寝ぼけたことをうすぼんやり思ったところで足音が止まった。

「おじさん、誰？」

おびえたような声に、おれは目を開けた。リビングの入り口に子供が立っている。

「誰？　泥棒？」

小学生の女の子だった。ただの短い髪、ただのフリースのジャケット、黄色い布製のバッグを持っている。そのバッグに手を入れ、女の子は携帯を取り出した。おれは慌《あわ》てて言った。

「泥棒じゃないから、一一〇番すんな」

目をみはったまま、その子は携帯を耳に当てている。通話ボタンはもう押されたようだ。

「もしもし」女の子はじりじりと下がりながら、電話に出た相手に言った。

「おばさんのうちに、黒眼鏡のもみあげ男がいて、ビール飲んでるんだけど」

しっかりした子だ。冷静に観察している。

「息子？　息子っておばさんの？」どうやらおれの母親に電話をしたようだ。「……うん。わかった……害はないんだね。わかった。大丈夫」彼女は言葉とは裏腹に納得のいかない顔をして電話を切った。

「やあ」ソファから起きあがっておれは片手をあげた。

「やあ……」女の子は廊下に立ったまま不審気に返答する。

これと言って特徴のない少女だった。目は細くやや垂れているがまあまあ可愛《かわ》いらしい。唇は乾いて皮がむけ痛そうだ。リップクリームを塗る習慣もまだないのだろう。髪には天使の輪が光っていたが、それは女を主張する武器にはなっていない。背も高いのか低いのか年齢がわからないので判断しようもない。

「何年生？」

「六年」

子供独特の仏頂面《ぶっちょうづら》で答える。鼻の下にはうっすら産毛《うぶげ》が生えていた。

「今日はなにしに来たの？」

「おじさんこそ、なにしに来たの？」

おお、とおれは呟《つぶや》いた。おれは何をしにここに来たのだろう。何をやってるんだろう。

「お父さんが死んだから来たの？」

答えを探していると、女の子は重ねてそう聞いてきた。

「そうとも言える」

「変なの。あたしはピアノのおさらいするから」

「ピアノ？」

リビングには足を踏み入れず、少女は姿を消した。ほどなく家の奥の方からピアノの音が聞こえてきた。いつからうちにピアノが、と首を傾《かし》げつつ音の方向へと行ってみる。親の寝室の襖《ふすま》が薄く開いていたので覗《のぞ》くと、窓際《まどぎわ》にアップライトのピアノが置いてあり、女の子がそれを弾いていた。

リビングに戻って、再びソファに寝ころび瞼《まぶた》を閉じる。お世辞にも上手とは言えない練習曲に耳を澄ます。そういえば美緒もピアノを習っていた。美緒のうちで畳に寝ころび、こうやってあいつの弾くピアノを何度も聞いた。下手くそ加減が似ていて胸のあたりがじんわりする。これは郷愁？　感傷？　うとうとしかけたところでピアノの音はやみ、再び足音が近づいてきた。

「もう練習終わりかよ？」

「うん」

少女は今度は素直にリビングに入って来る。

「いつもここで練習してんの？」

「そう。おじさん、煙草《たばこ》、くさいからやめてよ」

斜め前に座った少女は、顔をしかめておれの手元を指した。「悪い」と呟き、煙草を灰皿に押しつける。

「灰皿もくさい。ビールの空き缶もくさい」

「すみません」

素直におれはテーブルの上を片づける。台所から戻ってくると少女はソファに腰掛けて、にっこり笑った。おお、とおれは思った。いくつでも女ってやつは笑うと花が咲いたようになる。

「おじさんはね、春一っていうの。だから、できたらおじさんって呼ばないでくれるかなあ」

「春一番？」

「まあ、そんな感じの命名だな」

「あたしは一花」足をぶらぶらさせて少女は名乗った。

「イッカ？」

「世界で一つだけの花、で一花」

「いい名前だね。ママ、センスいいな」

「つけたのパパだよ。昔は〝ま、いっか〟とか男の子にからかわれてイヤだったけど、SMAPの歌が流行《はや》ってから褒められるようになった」

昔はって、小学生だろ。何が「ま、いっか」だよ。でもおれがガキだったら確かにそう言ってからかっていたかもしれない。

「あーおなか空《す》いた」一花は脈絡なく呟いた。

「夕飯、すき焼きだよ」

「なんで知ってるの？」

「おれ、買い物行ったもん」

牛肉、焼き豆腐、ネギ、春菊とくれば普通に考えてすき焼きだろう。一花は嬉《うれ》しそうな顔をしたあとで、投げ出してあった携帯で時間を確かめた。

「でも、おばさん帰って来るの七時頃だし」

「なんか作ってやろうか。甘いもん好き？」

一花の顔にまた花が咲いた。おれは台所の棚や冷蔵庫を探って材料を見繕い、少女のためにフレンチトーストを作ってやった。


玄関で物音がし、母親が帰ってきたのかと思って振り向くと、そこには美緒が立っていた。おれはゲームのコントローラーを持ったまま固まった。美緒は目をしばたたかせただけでほんのりと微笑《ほほえ》み「おかえりなさい」とおれに告げた。

「……ただいま」

一花がおれたちのやり取りを聞き「逆やん」とゲーム画面を見たまま言う。

「一花、宿題はやったの？」

「このおじさんと遊んでやってたの」

「ゲームは宿題が終わってからの約束でしょう？」

「ママ、今日は早かったね」

宿題のことには答えず、一花は振り向いた。

「今日は残業なかったって、さっきメールしたよ。電話もしたんだからね」

「気がつかなかった」

「なんのために携帯持ってるの」

そのやりとりに口を挟めず、おれはただぽかんとしていた。どうやら一花は美緒の娘らしい。ということは彼女は結婚したのだ。いやまあ、結婚くらいするだろう。美緒だってもう三十六だ。

どうしているかと常に考えていたわけではない。二十代の半ばには、もうほんのたまにしか美緒のことを思い出さなくなっていた。どんなふうになっているかと考え出したのは、親父《おやじ》が死んだことを知った、ついこの間のことだ。歳《とし》をとったのはお互い様だが、美緒はきっと昔のままの彼女でいてくれると勝手に考えていた。

三十六になった美緒は確かに心のどこかで恐れていたような老《ふ》け方はしていなかった。つるりと白い額も、やや離れた目の配置も、大きめな口も変わってはいない。ちょっと化粧が古くさいだけだ。ちょっと疲れているだけだ。おれは自分にそう言い聞かせた。

「春一はいつ帰ってきたの？」

「えっと、きのうだな」

母親も美緒も、おれが突然帰ってきたことにあまり驚いていないようだ。

「おばさんはまだ？」

頷《うなず》いておれはコントローラーを離す。ずっと握りしめていたのだ。緊張していることにやっと気がついた。

「じゃあ一花、帰ろうか」

「えー？　今日すき焼きだって言ってたよ。食べてこうよ」

「そんなにいつも人様の家でご馳走《ちそう》になっちゃだめでしょう？」

「おばさんは、一人より誰かと夕飯食べた方が楽しいって言ってたよ」

「それはそうかもしれないけど……」美緒は小首を傾げ耳たぶを指でつまんだ。懐《なつ》かしい彼女の癖だ。迷ったときにするしぐさだ。

体中が、いや下半身が切なくなるのを感じて、掌《て》で口元を覆《おお》う。

「あのさ、おれが言うのもなんだけど、食べていけばいいんじゃないの。久しぶりなんだし」

殊更《ことさら》明るく言ってみると、娘とその母親はおれの顔をしげしげ見た。先に言葉を発したのは娘の方だった。

「おじさんってさ、おばさんの子供なんでしょ」

「そうだよ」

「ママはさ、おばさんと親戚《しんせき》なんでしょ。じゃあママとおじさんも親戚なわけ？」

娘の素朴な質問に、美緒は即答できなかった。なのでおれが答えた。

「いとこだよ。ママとおじさんは」

「いとこ？」

「おばあちゃんが同じ人なんだよね。いとこって不思議だろ？　一花ちゃんはいとこいないの？」

少し考えてから、彼女は思い当たった顔をした。

「シホちゃんはいとこだよね。パパの妹の子供でしょ。全然仲良くないけど」

美緒は母親の笑顔で頷き、娘の髪を撫《な》でた。その手は少しぎくしゃくしているように見えた。


高校三年の冬におれは家を出た。今思えばあと数週間、いや数日我慢すれば卒業できたかもしれない。でもおれはその日家を出た。期末試験の二日目、夕方ふと息苦しく、何もかも放り出したい気分になって、ダウンを着込んで階段を下りた。母親にどこへ行くのか尋ねられたので「武藤んとこ」と一言告げた。玄関先でばあさんにばったり会った。いやな顔をされたが、何も言われなかった。おれはその時本当には家出をしようとは思っていなかった。友人の武藤の家へ行って無駄話でもして、気を晴らそうと思った程度だった。

自転車に乗って国道を走り、近道をするため農道へと折れた。ここは風の強い町だ。特に冬は海から突風が吹きつける。耳がちぎれそうに冷え切り、首に巻いていたマフラーが風で飛ばされそうになって片手で押さえた。そのとたん自転車はバランスを崩し、狭い農道から車輪が逸《そ》れた。おれは派手に転んだ。畑に体が放り出された、と思ったら、そこは畑にしてはずいぶんと固い物が沢山転がっていて、何やら異臭がする。痛みを堪《こら》えて起きあがりあたりを見渡すと、そこが産業廃棄物置き場になっていることに気が付いた。どちらにしても左半身が泥まみれになった。うんざりした。うんざりしないように、投げ出さないように、踏みとどまってきた。時間が過ぎるのを待てば、やがて事態は良くなるはずだと自分に言い聞かせてきた。

泥だらけのまま自転車で武藤のところへ行き、服と金を貸してくれないかと頼んだ。おれちょっと家出してくるわ、と言うと、可笑《おか》しいことなど言っていないのに彼は爆笑していた。武藤は大地主の一人息子だけあって、小遣いと流行りの服を山のように持っていた。シャワーを貸してもらい、ジーンズと比較的地味なセーターを借りた。コートは「東京の女を捕まえるならこれを着ろ」と言われて、カシミア混のダッフルコートを着せられた。しかも武藤は自慢のバイクでおれを駅まで送ってくれたのである。親切というより面白がっていたに違いない。

だから大した決心ではなかったのだ。泊まるところの見当などつかないし、金がなくなれば帰るしかない。無理なことはわかっていたが、おれは武藤に入れ知恵された通り渋谷駅のハチ公前でいつまでも座っていた。こっちから女に話しかけるなよ、春一は顔もガタイもいいから黙ってる方が女が近寄ってくるからな。武藤は満面の笑みでそう言っていた。

終電の時間が過ぎたのだろう。祭りのようだったハチ公前も人がまばらになってきた。酔っぱらいが数組騒いでいるくらいだ。東京に来たのは初めてではないし、駅で野宿同然のことをしたこともある。だから特に不安はなかった。不安はないが寒いことは寒い。今夜はカプセルホテルというものにでも泊まってみようか。だいたい武藤に言われたからって、他人を当てにして物欲しそうに指をくわえていてどうする。しかも女を。明日からバイトでも探そう。安く寝泊まりできるところを探そう。そう思いはじめた時、女の酔っぱらいが声をかけてきた。

「うわー、かわいーね、あんた」

可愛《かわい》いと言われるのは好きではなかった。そのとき既に身長が一八二センチあったおれは、ずいぶんと小さく、化粧の濃い女を見下ろした。その頃のおれには女の年齢などわからなかった。

「行くとこないのー？」

「はい」

「礼儀正しいー。はい、だって。身なりもいいし、育ちがいいのね」

彼女の言うことは訳がわからなかったが何やら感銘を受けているようだ。とりあえず飲みに行こうと誘われ、寒かったので彼女の仲間達について行った。ほとんど飲んだことはなかったが、どうやらおれは酒に強い体質らしくいくら飲んでも酔わなかった。彼女が先に沈没した。おれが送って行くことがなんとなく決まり、タクシーで送った。泊まっていってと言われて泊まった。名前も知らない女の部屋の台所で毛布をかぶり「なにやってんだ、おれ」と一人呟《つぶや》いた。夕方、おれは期末試験の勉強を投げ出して武藤の家に遊びに行こうとしただけなのに。

結局、その女の部屋には半年ほど居候《いそうろう》させてもらった。席数が恐ろしく多い焼鳥屋で働いていた女は、その店で食器洗いや力仕事のバイトを斡旋《あっせん》してくれた。年齢も住所も、名前以外何もかも偽っても疑われなかった。うまく騙《だま》せたのではなく、下働きの頭数だということ以外、店はおれに興味がなかったのだと思う。

半年たった頃、女が申し訳なさそうに「彼氏ができた」と告げた。その先を言わせないで、おれはすぐに女の家を出た。焼鳥屋の下働きにはもうすっかり慣れて、親しい人間もできていた。同じようにバイトをしている誰かの家に転がり込もうかと思っていたら、経営者から直々に呼び出され、オープンしたばかりのイタリアンの店でウエイターをしてくれないかと言われた。たぶん居候させてくれていた女が、この経営者に事の次第を話したのだろう。経営者はやり手の中年女性で、とりあえずしばらくうちに住んでいいからと付け足した。はっきり言ってこれは自慢だが、ウェイターは男前ばかり揃《そろ》っていて、味よりもそのことが話題になり店は繁盛《はんじょう》した。

「めくるめくイケメン出世物語ねえ」

美緒は軽く吹き出してそう言った。

「そんないいもんじゃないよ」

「その話、あと十分くらいで終わる？」

「二十年間何してたのか、おまえが聞きたいって言ったんだろ」

美緒はおれの腕の付け根に鼻先をうめて、くすくす笑った。裸の彼女の肩に手をまわし、髪の匂《にお》いをかぐ。美緒の匂いだ。美緒の体臭だ。親の目を盗んで数えきれないほど何度も何度も抱きあった。大人になっても変わらない。女には一人一人違う匂いがある。シャンプーやコロンではごまかせない、体の奥から発せられる女の匂い。手放した時はわからなかった。二度と美緒に触れることはないと思っていた。何でもないと思ったのは錯覚だったのかもしれない。こんなに手触りのいい体をどうして手放してしまったのか。おれは自分の感情がうまくつかめないが、両手は勝手に彼女の体をさぐりはじめる。より強い匂いを求めて鼻をひくつかせる。

「そろそろ行かないと」

おれの怪しい動きをあっさり拒み、彼女はベッドを降りた。淡々と下着をつけて服を着る。黴《かび》くさいホテルの薄暗い部屋で、美緒はするするとストッキングをはく。かかとが荒れているのが見えた。

今日、おれは美緒に誘われてドライブに出た。再会した数日後の日曜日の出来事で、おれはまだ母親に貰《もら》った郵便貯金の定期を解約しておらず金がなかった。美緒に持ち合わせがないことを正直に伝えると、ご馳走してもらいたくて誘ってるわけじゃないと呆《あき》れ笑いで言われた。つもる話もあるだろうし、食事したり適当に車を転がしたりするのだろうと思っていたら、美緒はまっすぐに町外れにあるホテルへ車を入れた。ただのデートだと思って連れ込まれる乙女の気持ちがわかった、というのは嘘《うそ》で、おれは胸の内でガッツポーズをとっていた。

美緒に促されておれも服を着た。ご休憩の支払いは彼女がした。車に乗って町へ帰る道すがら、美緒は無口だった。彼女の車は白い軽自動車で、わざと没個性に徹しているようだった。これから美緒はピアノ教室に行っている一花を迎えに行くという。さっきはおれが家出をしたあとどんなことをして暮らしていたか聞きたがっていたのに、それも途中でどうでもよくなったのか続きを尋ねようとしなかった。本当は話せない部分もいろいろあるのでその点では安堵《あんど》もしていたのだが。

それにしても、と運転する美緒の横顔を眺めながらおれは思った。まっすぐ前を見て、正確で安全な運転だった。どちらかというと堅い。おれなら通り抜ける黄色の信号もブレーキを踏んだ。美緒は確かにこういう女だった。ルールを守る。しかし守るあまりに融通のきかなさもあった。

しかしその美緒が、家庭があって娘までいて、よくこんなことをしたなと不審にも思った。まさか馬鹿《ばか》正直におれとのことを旦那《だんな》に打ち明ける気じゃないだろうな。そこまで考えて少しぞっとした。

「車内禁煙」

落ち着かなくて煙草《たばこ》に火をつけようとしたおれに美緒は言った。仕方なく出した煙草をポケットに戻す。

「あのさー」

彼女は感情のない視線をこちらに向けた。

「今日、旦那さんは？」

「旦那さんはいない」美緒はそう即答した。

「いないって、出張か何か？」

「出張はやや当たってる。いま北京《ペキン》にいる」

そうか、旦那のいない隙《すき》に昔の恋人とちょっとアバンチュールですか。

「出張というか転勤ね。私と一花は日本に残ることにして、そのとき離婚した」

彼女の言葉の意味が、その意味通りに飲み込めるまで少し時間がかかった。

「離婚？　なんで？　えっとじゃあ、いま独身ってこと？」

「運転してるんだから、うるさくしないで」

美緒はスピードをゆるめ、左の路肩に車を停めた。おれの顔を見てやや哀《かな》しそうな顔をする。離婚の顚末《てんまつ》でも語り出すのかと思ったら、何も言わずに車を降りた。なんだかわからなかったが、おれもドアを開け外に出た。

「ほら、あれ」と言って彼女は畑の中にそびえ立つ一基の風車を指さした。実家の前にあるものと少し色が違った。羽の先が赤くペイントしてある。

「おじさんが亡《な》くなったの、あそこよ」

「は？　なにそれ？」

今度は美緒の方が怪訝《けげん》な顔をした。

「おばさんに聞いてないの？」

「なにを？」

美緒はしばらくおれの顔を見上げていたが、ふと笑って耳に手をやった。

「いいの、ごめんね」

「なに謝ってんの？」

「知らなくていいのよ。私だってハルのこと、もう何にも知らないし」

白い額と白い頬。半端《はんぱ》なつけかたのマスカラ。すたれた色の口紅。他人が見たらただの中年女かもしれないが、おれにとって彼女は特別な女だ。だが体をかみ合わせることはできても、長く離れていた気持ちの歯車をかみ合わせることができなくて、肺から酸素が抜けていくような苦しさを感じた。いまここで押し倒して、もう一度、体だけでもすりあわせたかった。でももう、彼女は娘を迎えに行く時間だった。

実家に戻ると、リビングのテレビに向かって一花がゲームをしていたので驚いた。この子を迎えにいま母親がピアノ教室に向かっているところである。どうしたのかと聞こうとして、すんでのところで踏みとどまった。何で知っているのかと問われたらおれの方が困る。

「日曜日なのに、人んちでゲームかよ。友達と遊びに行ったりしないの？」

ほんの少し前にこの子の母親と寝ていたというバツの悪さから、一花から離れた場所に腰を下ろした。返事もせず、彼女は黙々と画面に現れる妖怪《ようかい》を殺戮《さつりく》している。

「いつも、うちに遊びにきてんの？」

重ねて問うと少女は振り向いた。

「対戦しようよ」

「今日はパス」

「つまんない男」

さらりと言われて内心うろたえた。ほとんどの女はおれについて最終的にそういう判断を下す。小学六年生にまで言われてしまった。

「ママのこと待ってたんだけどさ」

ゲームの手を休めず一花は言った。

「日曜日はピアノ教室の日なの。いつもママが迎えに来るんだけど、終わってから三十分くらい待っても来なくてさ。苺《いちご》ちゃんのママが先に来ちゃって、一緒にチョコパ食べに行こうって。ガストのチョコパ、苺ちゃんがどうしても食べたいって言って、で、家まで送ってもらった」

苺ちゃんというのは友達だろうか。とりあえず事情はわかった。おれのせいで美緒は遅刻したのかもしれない。

「家って、ここじゃないでしょ」

「すぐそばだもん。アパート帰ってもつまんないし。ママにはメールしたよ」

責めてもないのに一花は不機嫌そうに唇をとがらす。

「パパがいなくて、つまんないってこと?」

そこで一花がコントロールしていた戦士が妖怪のボスのようなものにやられた。派手な爆発音と共にゲームオーバーの表示が点滅する。彼女はコントローラーを放り出した。そのままじっとうつむいている。しまった。怒ったか、泣かれるか。

「あたし、四月三日、誕生日なんだ」

立ち上がってソファに座り、一花はけろりと言った。何を言いたいのかわからない。

「おじさんはさ、あ、おじさんのお父さんね、死んじゃったおじさん。すっごく優しくて、毎年あたしが欲しいもの聞いてくれて買ってくれたんだ。その頃って春休みだから友達からプレゼントもらえないでしょ。誕生日だけじゃなくて、クリスマスとかホワイトデーとかも。だからピアノもゲーム機もあたしのだし、いまおじさんが座ってる、たれぱんだのぬいぐるみもあたしのなんだよね」

慌《あわ》てておれは平たいパンダのぬいぐるみを尻《しり》から外した。沈黙が流れる。

「悪かった。今年はおれが代わりに何か買うから」

「携帯の機種変更したい、おじさん」

「おじさんがダブルだと分かりづらいから、お兄ちゃんとか呼んでくれる？」

「そんな若くないじゃん」

そうか、とおれはやっと納得に至った。東京で若者相手に働いていて、服も考え方もそう違わないと思っていたが大きな勘違いだったようだ。

「せめてお名前で」

「春一番だっけ」

「ハルイチ」

「わかった。ハルイチおじさんね」

そこで一花の携帯が鳴り出した。最近のジャニーズの着メロだ。「ママ？」と彼女が口に出したのを潮に立ち上がり、自室への階段を上がる。

どうやらこの家は一花の登場により、ずいぶんと感じのいい家へ変化したらしい。

皮肉なものだなとおれは苦笑いするしかなかった。

かつて父親はおれと美緒の交際に反対し、彼女を疎《うと》ましく思っていた。いや、美緒自身ではなくその原因となっていたおれを毛嫌いし、何かにつけてはすぐおれを殴った。母親はおろおろするだけだったし、祖母はおれと美緒の関係を忌《い》み嫌って、仏壇の前で念仏を唱えていた。ふたりがいとこだというだけで。

おれがはじめて美緒と会ったのは十歳の時で、ばあさんは越してきたばかりの美緒をおれに託し、仲良くしなさいと言った。大人達は宴会をしており、誰かが「いとこ同士も結婚できるんだぞ」と揶揄《やゆ》した。おれはふたつ年下の幼い美緒の手を握りしめた。あれがすべてのはじまりだった。

部屋に入ってストーブを点《つ》ける。かつての勉強机の上には、母親が自分の勤める店から買ってきたセーター、トレーナー、コーデュロイのパンツ、靴下に下着まで揃えて置いてあった。有り難い。有り難いことだけれど、これをおれは着るのか。それほど服にこだわりなどないつもりだったが、これはあんまりだ。やはり明日、郵便貯金を解約に行って自分で着る物をなんとかしよう。

窓の外で何か動いた気がして目をやると、やはりそこには巨大な風車がゆうゆうと回っていた。そういえば美緒は何を言いたかったのだろう。分からないことばかりで、ふいに大きな疎外感《そがいかん》が過《よぎ》った。美緒の言いたかったことはこの感じか。いくら離れていた間の事柄を報告しあっても、本当には溝は埋まらない。母親の用意してくれた衣服を見ながら、やはり来るべきではなかったのかと今更ながらため息をついた。

翌日は雨だった。おれは地元の特定郵便局へ行くべく、国道でバスが来るのを待っていた。バスは時刻表の時間を過ぎてもなかなかやって来ない。早朝からの風雨はだんだん強くなり、傘をさしているのもやっとだった。今日はもうやめようかと思いはじめたとき、派手な車がバス停の少し先で急停車した。目が痛くなるような黄色のムスタングだ。地元に帰って来て気が付いたのだが、東京ではわさわさ走っている外車をこちらでは一台も見かけない。まあ東京で走っていてもあんなアメ車はイヤでも目を引くだろう。

「春一！」

降りてきた男はおれを見て大声で言った。リーゼント風に固めた髪はその筋の男に見えなくもなかったが、紛《まが》うことなくおれの唯一《ゆいいつ》の友だった。

「武藤かよ」

「なんだよおめー、こんなとこで何してんの？　ラブリーな傘さしちゃって」

母親の傘を指して武藤は笑った。

「おれだって、よくわかったな」

「分かるべそりゃ。うさんくさいタレントみたいなのが立ってちゃ目立ちまくりよ。で、なにしてんの？」

「バス待ってただけ」

「はあ？　バス？　だせえな」

カジュアルなデザインだが相当に高そうな革のジャケットが雨に濡《ぬ》れるのを彼は気にしだした。

「いいから乗れよ。送ってやるよ。どこ？」

おれは促されるままムスタングの助手席に乗り、郵便局の名前を言った。簡単に頷《うなず》くと武藤は勢いよく車を出した。

「悪いな、こっち来てんのにすぐ連絡しないで」

「おめえ、変わんねえな。そんなこと気にするおれじゃないっしょ。義理堅すぎ」

それを聞いて、故郷に帰って来て初めて息がつけた気がした。この男は思わせぶりだったり、本音をしまっておいたりする人間じゃない。

家出をしてから、武藤にだけは時折電話を入れていた。高校生の頃から彼の部屋には電話があったし、ポケベルや携帯電話が普及してからはもっと気軽に連絡が取れた。けれど話をするのは年に一回あるかどうかで、お互いそれほど関心もなくやってきたように思う。武藤はおれが店を変わる度に違う女の子を連れて飲みに来た。だから連絡しあっていたといっても、この二十年間特にこみいった話をしたことはない。美緒のことも聞かなかったし、彼も口にしなかった。武藤は千葉の大学を適当に出て、家業を継いでいるはずだ。運転していてもひっきりなしに携帯が鳴り、それを愛想良くさばいてから、おれの顔を覗《のぞ》き込んだ。

「春一、今日なんか予定あんの？」

「なんで？」

「久しぶりに会ったんだからさ、ちょっと遊びに行こうぜ」

「おねーちゃんの居る店は苦手だなあ」

「午前中からなに言ってんの。おれ、夜は漁連の宴会があるけど、それまで暇なんだよ」

「昼間の仕事はいいのかよ」

「いいのいいの。一応取締役だから。美緒ちゃんの顔見たらどっか行こうぜ」

ははは、と適当に笑ってから、おれははたと気が付いた。

「いま美緒のこと、なんか言った？」

「郵便局だろ？　職場訪問じゃないの？」

黄色のムスタングは、雨にけぶる小さな郵便局の前に横付けされた。中へ入ると確かに美緒が窓口で働いていた。くすんだ水色の制服を着て、鋏《はさみ》を手に持ったまま無表情にこちらに顔を向けた。

「よ、美緒ちゃん」

武藤がご機嫌で手を上げると、その場にいた人間が一斉におれ達の様子を窺《うかが》い見た。やばい、と思ったが遅かった。柄が悪すぎる。あとで美緒が何を言われるか分からない。

「定期の解約でしょ？　おばさんに聞いてたから」

口の端で笑って美緒は言う。おれが通帳と印鑑を出すのを、武藤は身を乗り出し、にやけて眺めていた。

「身分証明書をお持ちですか？」

最近ジーンズの尻ポケットに押し込んであるパスポートを出すと、武藤が爆笑した。

「なんでパスポート？」

「うっさいな。免許ねえんだよ。あっちいって座ってろ」

最初見ないふりをしていた職員や客は、今やあからさまにこちらをじろじろ見ていた。

おれと武藤は昔からそうだった。中学生の頃から何も悪いことはしていないのに不良と囁《ささや》かれた。そうだ、確かにおれ達は何もしていなかった。ガタイがでかいだけだった。ただたむろしていただけだった。そのへんのおばちゃんが立ち話をするように、駐車場でしゃがんで喋《しゃべ》っていただけだ。二人とも成績は真ん中あたりで、武藤は制服を着くずしガールフレンドも多かったが、決して女の子をもてあそんでいたわけではなかった。おれは制服さえいじっておらず、女は美緒しか見えていなかった。

定期の解約はあっさり終わり、とりあえず百万円を現金で受け取った。半分は母親に当面の生活費として渡そうと思った。あとは普通口座に入れ、キャッシュカードも作った。美緒とは世間話のひとつもせずに、逃げるように郵便局を出た。

「あんなとこで二十歳《はたち》そこそこから働いてりゃ、美緒ちゃんの魅力もくすんじゃうよなあ」

武藤の独り言に腹は立たなかった。同じようなことを思ったからだ。話題を変えたくてシートベルトをしながらおれは武藤に言った。

「服とか買いたいんだけど、どっか買い物連れてってくれる？」

「おお。このへんじゃクソみたいなもんしか売ってねえもんな。千葉でいい？　いっそ東京まで行ってもいいぞ」

「成田あたりでいいけど」

「認識甘いよ。それじゃおれが買うもんなくてつまらんわ」

千葉では東京に近すぎる。この前、発作的にこちらに帰ってきたときのように、そのまま黙って東京に戻ってしまいそうな自分が恐《こわ》かった。でも人に連れて行ってもらうのだから仕方ない。

「どうよ。昔の恋人に会った気分はさ」

武藤が話を蒸し返す。

「どうもこうも」

「もうやったか？」

「まあな」

「仕事が早いね、旦那《だんな》」

運転しながら、彼は器用にキャンディーを剥《む》いて口に放り込んだ。武藤があめ玉？

「煙草《たばこ》やめたのか？」

「嫁とガキがいやがるから面倒でやめた。あ、おまえは吸っていいぞ。この車、嫁は乗らないから」

そう言われてもなんとなく吸いづらく、おれは忙《せわ》しく動くワイパーを見ていた。

「美緒って、いつ結婚したの？」

「やったのにそんな肝心なことも聞いてねえのかよ」

呆《あき》れ顔で武藤は笑う。

「わりと早く結婚したよ。相手は郵便局の局長の紹介した男で、小浜《おばま》にあるメーカーの工場で働いててさ。つってもホワイトカラーのエリートだよ。何度か見かけたことあるけど、眼鏡で小太りの地味な野郎よ」

「離婚したんだろ？」

「らしいな」

「なんで？」

「知らんって、よその夫婦のことなんか。本人に聞けばいいべ」

聞けないからおまえに聞いてるんだ、とも言えなくて、おれは我慢していた煙草をくわえた。

千葉というおれにとって半端《はんぱ》な位置にある場所には、大人になってから来たことがなかった。想像以上に都会で、特殊なブランドものを除けば何でも揃《そろ》いそうだった。

おれはまず携帯の充電器を買った。母親や美緒親子は違う携帯会社のものを使っていて拝借することができず、ずっとコンビニで買った電池でしのいでいた。それからリーバイスを一本、レッドウィングのブーツを一足、目に付いた手頃なアウターを数着、カルバンクラインの下着を数枚。さすがにいつもおれが買っている店の支店はないなと思いながら百貨店を流していると、バーバリー・ブラックレーベルの店員に春物のジャケットを勧められた。いま着ている羊毛のボアのついたコートは真冬用のもので、四十九日を終えてから東京に戻るとなるとだいぶ季節外れになりそうだ。しかしこんな若者向けのブランドを着る歳《とし》でもないなと迷ったが、久しぶりに現ナマが財布に入っていたこともあってそれも購入してしまった。他にも色々と買い物をし大荷物になった。都会の楽しみだ。おれはやっぱりユニクロさえない町で暮らしてはいけないだろう。おれが買い物をしている間、武藤はハイブランド店をまわっていたらしく、待ち合わせのカフェへ行くと、彼の足下にはプラダとエルメスの大きな紙袋が置いてあった。そしてテーブルの上には既に食べ終えたランチの皿と空になったビールのグラスが置かれていた。

「おまえ、ビール飲んだな」

椅子《いす》に腰掛けもせず、おれは言った。

「悪い。あんまり腹減ったんで先に食った。春一もなんか食えよ」

「メシのことじゃねえよ。車なのに、なにビール飲んでんだよ」

「一杯だけだよ。すぐ醒《さ》める。なんともない」

舌打ちして、ようやくおれは武藤の前に腰を下ろした。

「信じらんねえ。おれは電車で帰るからな」

「その荷物持って？」

「おう」

やって来たウェイトレスにおれはメニューも見ず、コーヒーだけ頼んだ。

「さすがバーのマスターは厳しいな。機嫌直してメシ食え。奢《おご》るから」

「そういう問題じゃないの」

「じゃあ、帰りはおまえが運転すりゃいいべ」

「免許ないってさっき言っただろ」

「女の頼みなら断らないくせに」

おれが本気で怒っているのを武藤は気が付かない様子で、派手にあくびをした。確かにビール一杯だ。小ぶりのグラスだ。酒の飲める人間なら問題なく思えるだろう。

コーヒーを運んできた女の子に、彼は勝手にランチをもうひとつ頼んだ。

そして結局、おれが運転して地元まで帰ることになった。酒気帯びと無免許とどちらが罪深いだろう。どちらにしても捕まったら相当まずいが、武藤に運転させる気にはなれなかった。

帰り道はほとんど無言だった。武藤が派手なヒップホップをかけたがったが、寝てろと言ってやめさせた。丘や田畑を縫うように渡る送電線の向こうに、ようやく風車群が見えてくる頃、居眠りしていた彼が目を覚ました。

「あの風力発電のやつさあ、いつまでたっても慣れないんだよね」

寝ぼけ声で武藤が言う。

「もう何年も前から立ってるんだけど、しっくりこねえんだ。サンダーバードかっちゅうの？」

「こっちに住んでてもそういうもんか？」

「まあな。春一のとうちゃんが働いてたのに、そんなこと言って悪いけど」

助手席の武藤を思わず見たら、車が蛇行するのがわかった。

「なんだよ。知らなかったのかよ」

「おれ、ほんとになんにも知らないんだ」

美緒に言われた言葉を思い出す。知らなくていいのよと。いいもんか。本当は知ってほしいんじゃないのか。美緒も母親もあきらめきった顔をして、でも本当は何も知らずにひょっこり帰ってきたおれを責めたいのではないか。

「おまえのとうちゃん、風車の羽の調整してて、うっかり落ちて死んだんだぞ。頭打ってさ。でも頭打ったから脳出血したのか、出血が先で踏み外して頭打ったのか、よくわかんないんだって。これはまあ噂《うわさ》になってる話だから、かあちゃんにでもほんとのところ聞いてみな」

おれは黙って唇を嚙《か》んだ。景色が見知った町になってくる。「あーあ」と武藤が伸びをした。

「わびしいとこだよなあ。最初から田舎ならいいんだよ。漁が減って、観光もしょぼくなって、どんどん廃《すた》れてくのがたまんないね。あの風車見てると、そういうこと思い知らされる気がするよ。もっとピカピカした文明の中心地へ行きてえな」

だから彼はこんなアメ車に乗りブランドの服に身を包んでいるのだろうか。

「武藤も東京出てくれば？」

「最果てに住んでりゃそうしてたかもね。近すぎるのも問題だな」

「日帰りできるしな」

いつの間にか雨はやんでいた。長く続く港では、昔とあまり変わらない様子で魚の水揚げが行われていた。

それからおれは主夫のような毎日を繰り返した。正社員でないとはいえ、母親は週五日みっちり働いている。おれは家事を買って出た。何もしないことに慣れていないし、母親はおれが金を渡そうとしても、どうしても受け取らなかった。こうなったら労働で返すしかないだろう。

朝、母親が仕事に出ると掃除をし、食料品を買いにスーパーへ行き、ビールを一本飲んで昼寝をし、一花が帰ってきて宿題をしている間に洗濯物を畳んだ。おれは一応調理師免許を持っているので、夕飯を作るのは特に苦ではなく、美緒親子と四人で賑《にぎ》やかに食卓を囲むことも多かった。美緒が笑顔の裏でどう思っているかは別にして、母親はとても楽しそうに見えた。母の献立のリクエストは「魚以外。海老《えび》や貝の類《たぐい》ならいい」というだけだったが、この漁業の町でその意向は不自然だ。そう思ったが何も聞かなかった。昔は毎食だいたい魚だった。ばあちゃんも親父《おやじ》も金目鯛《きんめだい》や鯖《さば》の煮付けが好きだった。もしかしたら、母親はもともと魚が好きではなかったのだろうか。一花はおれが作るファミレスのメニューみたいな洋食やデザートをいたく気に入り、うちを「リストランテ・ハルイチ」と呼んだりした。

自然の流れとして、一花とふたりでいる時間が増えていった。最初子供など苦手だと思っていたが、慣れてくるに従って一花といることがとても楽だと感じるようになった。一花はゲームに飽きると、コンビニへ行きたい、本屋に行きたい、カラオケに行きたいなどと言った。おれはその度彼女を自転車の後ろに乗せた。コンビニでは肉まんを買ってやり二人で分けて食べた。本屋では漫画と花柄のノートを買ってやり、カラオケボックスでは歌ってと言われてアニメソングや流行《はや》りのラップも歌ってやり、店にあったUFOキャッチャーでぬいぐるみを取ってやった。大人の女とデートするのとさほど変わりない。ちょろいな、と内心思わないでもなかったが、やはりこの楽さは大人の女とは全然違った。性の関係がないからか？　二人ともただ暇だから？　責任のない関係だから？

自転車を漕《こ》ぎながら、おれは「責任？」と思った。一花は片腕でぬいぐるみを抱き、もう一方をおれの腹に巻き付けている。男と女の責任は発生しないかもしれないが、おれには大人としての責任があるのではないか。母親に何も聞かず、子供に言われるまま様々な物を買い与えてよかったのだろうか。武藤の台詞《せりふ》がふとよみがえる。おまえは女の頼みなら断らないと。的を射ている。家出をしてからこっち、おれは処世術のように女の頼みをほとんど断らなかった。もちろんまわりにいた女の頼みを全部きくとなると破綻《はたん》が生じるわけで、おれはいつしか優柔不断のレッテルを貼《は》られた。

美緒との事態は進展していなかった。進展どころか何事も起こっていなかった。あれから彼女と二人きりになっていない。こちらから何度か携帯に連絡をしてみたが、折り返しの電話はかかってこない。美緒と二人で話がしたい。けれど何を話したいのかよくわからない。もちろん美緒と寝たい気持ちは大きいのだが、そうやって二人の仲をなんらかの形で進展させたいのかどうかもわからない。美緒がおれに何を望んでいるのかよくわからない。いい大人なのに、己の感情のどこを探っても「わからない」というフレーズしか見つからない。

そこで一花がおれの腹をぎゅっと強くつかんだ。痛いくらいだったので思わず止まって振り向くと、彼女はぬいぐるみに顔を埋めるようにして背中を丸くしている。

「どうした？　腹でも痛いのか？」

「痛い」

「まじかよ。ソフトクリームなんか食うからだよ。トイレ行くか？」

青い顔をして一花は頷《うなず》く。見渡してみたが道路沿いには手頃な店は何もなかった。

「少し我慢できそう？」

「うん」

ぬいぐるみを取り上げて自転車の籠《かご》に放り込み、一花の両手をしっかり腹に巻き付かせた。その時触れた彼女の手はとても冷たくなっていた。確かいま来た道にドラッグストアがあった。この先はどうだったか覚えていないので、戻った方が確実だろう。懸命にペダルを漕いだ。一花はこちらが苦しくなるほど強くしがみついてくる。ようやくその店にたどり着き、店員に聞いてトイレへと連れて行った。通路にあったベンチにどさりと腰掛ける。額や脇《わき》の下に汗をかき、膝《ひざ》がわらっていた。

自動販売機でスポーツドリンクを買って飲み一花を待っていたが、なかなか出てこない。心配になってきて、女性従業員に見てきてもらおうかと思ったとき、青い顔の一花が洗面所の扉から現れた。

「どうだ？　楽になったか？」

「ハルイチおじさん」

「なに？」

「生理になったみたい」

脳の真ん中あたりがくらりと揺れるのがわかった。しっかりしろ。そんなことで驚くおれじゃないはずだ。

「もしかして、初めてですか？」

うな自分を再び諫《いさ》めた。

勘弁してくれと内心途方に暮れた。とにかく落ち着け、と慌《あわ》てふためいてしまいそ
「うん」

「用意とかしてないよね？」

「うん。お腹《なか》痛いよ、おじさん」

おれは一花をベンチに座らせて、すぐ戻ると告げて走った。ここがドラッグストアであることを感謝しよう。おれが数人の女と同棲《どうせい》してきたことを感謝しよう。ナプキン、サニタリーショーツ、子供向けの鎮痛剤を速攻で買った。彼女は携帯をいじりながら、おとなしく待っていた。とりあえず鎮痛剤をスポーツドリンクで飲ませる。

「トイレでこれに穿《は》き替えてだな、ええと、これを当ててだな……誰か女の人呼ぶ？」

「学校で習ったし、ママにも聞いてるから大丈夫」

小声で言って一花は洗面所に戻る。おれは今度こそベンチに崩れ落ちた。心臓に悪い。大人でも子供でも、女といると驚かされることばかりだ。

一花はトイレから出てくると、あまり動転しなかったのか、逆にあまりの動揺にどうしていいかわからなくなったのか、無表情に「帰ろう」と言った。休ませたほうが

いい気もしたが、本人が帰りたがっているならそうしよう。何事もなかったかのように二人で自転車に乗る。

「さっきママにメールしてたの？」

背中の一花は答えない。

「自分ち帰るだろ」

「一回帰ってから、ハルイチおじさんち行く」

懐《なつ》かれている。娘をもつ気分とはこういうものなのだろうか。できることはやってやりたい。いたいけなこの子を見守りたい。そう思ったとき、はじめておれは一花の父親がどういう男なのか気になった。そして何故《なぜ》、父親はこの子と離れればなれにならねばならなかったのか。

「夕飯に赤飯炊《た》かれたらいやか？」

また彼女は無言だ。

「好きなもん作ってやるぞ。オムライス？」

「……お赤飯でいいよ」

ぶっきらぼうに彼女は言った。一花の体温が背中にくすぐったい。彼女がカラオケ中に食べていた、バニラとチョコレートのソフトクリームがふと浮かんだ。彼女の健康で若い体を誇らしく思う気持ちと、少女が大人に踏み出す第一歩の日をおれなどが一緒に迎えてしまったことの罪悪感が、溶けかけていたあのソフトクリームのようにマーブル模様になっていた。

おれとしたことがすっかり失念していたのだが、親父の四十九日には喪服を着なければならないのだった。母親に「喪服は東京から送ってもらうの？」と尋ねられてぽかんとしてしまった。おれは生まれてから一度も礼服の類を作ったことがなかった。義理の通夜《つや》などは黒いジャケットやシャツで済ませたし、正式な結婚披露宴には招《よ》ばれたこともなかった。返答に困っていると、母親はにっこりし「社販で買えるから、うちの店にいらっしゃい」と言った。着ないわけにはいかない。法要には親戚《しんせき》もやって来るのだろうから、おれだけの問題ではないだろう。

そういうわけで、おれは母親の勤める紳士服店に出向いて来ていた。この手の量販店には足を踏み入れたことがない。馬鹿《ばか》にしていたわけではなく、スーツが何着も必要な生活というのをしたことがないのだ。

店の制服を着た母は、何着も黒スーツを持ってきてはおれに試着させた。どれでもよかったが、母親が楽しそうなので言われるがまま脱いだり着たりを繰り返した。フロアの向こうでは、店の女の子達があからさまにこちらを見ている。通りがかるふりをして「素敵な息子さんですねえ」と話しかけてくる従業員もいた。母はまんざらでもない様子だった。極めつきは、まだ二十歳くらいに見える女の子が「写真撮っていいですか？」と言ってきて、携帯でおれとのツーショットを撮っていったことだ。

自分で出してきたスーツを、母はあれでもないこれでもないと決めかねていたので、おれは比較的ラインが今風のものを買うことに決めた。それは高すぎないかと母に言われたが、これからも着るからと宥《なだ》めてスラックスの裾《すそ》にピンを打ってもらった。手つきは上手《うま》いものだった。店長の男性が出てきたので挨拶《あいさつ》をすると、何故だか彼は恐縮し、親父のことで丁寧にお悔やみを言った。ちゃんとしている。店長といってもまだ二十代の雰囲気が残っている若い男なのに。従業員の平均年齢はずいぶんと若そうだ。よく六十近い母親が働かせてもらっているなとも思ったが、母が「働いている方が気が紛れるから」と言っていた気持ちがわかった気がした。自分もそうだが、若い人間とは話があわないこともあるけれど、一緒に過ごしていると気持ちが老《ふ》け込まないで済む。エネルギーをもらえるときがある。

大袈裟《おおげさ》に見送りに出てきた女の子達から逃げるように店を出た。母親が悪く言われないようにと笑顔を絶やさなかったので、疲れてしまった。数軒先のパチンコ屋の店先で、煙草《たばこ》に火を点《つ》け一息いれた。

うららかな午後だ。昨日あたりから空気が柔らかくなり真冬のコートでは暑いくらいで、今朝見たローカルニュースでは桜の開花予想をやっていた。遠くの民家の向こうに風車が数基まわっているのが見える。その様子に以前のような違和感はなかった。青い空とのコントラストはどこか希望を感じさせる清々《すがすが》しささえあった。

そこで携帯のメール着信音がした。開いてみると一花からで「今日は苺《いちご》ちゃんちでずっと遊ぶからご飯いらないよ」とのことだった。おれはおまえの親でも家政婦でもねえよ、と反射的に思ったが、実のところは少しだけがっかりもしていた。今晩はミラノ風カツレツを作ってみようと思っていたのだ。一花が好きそうだと思って。それに彼女が来ないということは、美緒も来ないことになる。

そこまで考えて、今日が土曜日であることに気が付いた。美緒は休みで家にいるはずだ。煙草を携帯灰皿につっこむ。公衆電話を探すためにおれはパチンコ屋に入った。

美緒と一花が住むアパートに、おれは初めてやって来た。近所にあると聞いてはいたが、訪問する口実がなかったのだ。おれからの携帯の着信を美緒はずっと無視していたので、今日は公衆電話からかけてみたら、案の定彼女は電話に出た。困惑気な美緒に「渡したいものがあるから」と言い、半分強引に訪ねて来たのだ。アパートは小さな二階建てでお世辞にも小綺麗《こぎれい》なものとは言えなかった。

緊張気味にチャイムを押すと、美緒はすぐにドアを開けた。その顔は微笑《ほほえ》んでいたので、心からほっとした。無愛想にされたら、しっぽを巻いて帰ろうと思っていたのだ。

「どうぞ、適当に座って。なに飲む？」

「なんでも。あるもので」

部屋の中は外見と違ってきれいな壁紙が貼ってあり、八畳ほどのスペースに炬燵《こたつ》が出してあった。そこに腰を下ろして、小さなキッチンに立つ美緒を見る。とたんにおれは激しい既視感に襲われた。それは今までおれが同棲した女達の部屋で実際に見たものではなく、高校生だったおれが毎日のように夢見ていた光景だ。二人が大人になったら一緒に暮らす。家族もこの町もおれ達を認めてくれないのなら、こちらからそれを捨て、知らない町の小さな部屋で一緒に生活しようと、おれと美緒はいつも話し合った。両方の親に会うことを阻《はば》まれ、それでも美緒の親が留守の間におれ達は抱き合った。そのあと必ず二人は誓いを確認しあった。おれは掌《て》で口元を覆《おお》う。今はもう誰も反対はしないだろうし、障害は何もないに等しい。なのに何故、おれは踏み込めないのだろう。

「はい。お口に合うかどうかわかりませんが」

そう言って美緒はマグカップを置いた。湯気をたてた白い飲み物だ。不思議な匂《にお》いがするなと口をつけてみるとホットカルピスだった。

「おおー。懐かしい」

「これ好きだったもんね、ハル」

「大人になってはじめて飲んだよ」

「いま、一花と一緒にはまってるの。お茶っていえば最近はこれ」

今日の美緒は肩にかかる長さの髪をまとめておらず、いつもより若く見えた。たぶんパーマなど一度もかけたことがないのだろう。東京の女の髪はみな茶色いので、黒髪が新鮮だ。この前ホテルに行ったときは、行為のあとすぐ髪をまとめてしまったので気が付かなかった。

「この前はありがとう。一花が迷惑かけて、大変だったでしょう」

どのことだと思い当たるまで、少し時間がかかった。

「あ、あれね。いやまあ、驚いたけど、一花が冷静だったからよかったよ」

「実の父親でも、あんなにうまく対応できなかったかもね」

少々棘《とげ》のある言い方だった。それはおれに向けられたものなのか、元夫を指してのことなのか計りかねた。返答に困り、おれは話題を変えることにした。

「ええと、いろいろ気を悪くしてないかな」

「私が？　どうして？」

「美緒に聞かずに、一花になんでも買ってやったりしてさ」

髪を耳にかけ、美緒はうつむき加減で笑う。

「おじさんが生きてたとき、同じようなことしてくれてたから。こちらが申し訳なくなるくらいよ」

「あ、そうなの」

沈黙が流れる。どうも会話が上滑りしている気がした。

「それでさ、一花の誕生祝い、やっぱり新しい携帯ほしいって言ってるんだけど、さすがにそれは美緒に聞かないとと思って」

「そうねえ、できればいまのキッズ携帯のままでいさせたいな。普通のだと子供に見せたくないサイトもあるし」

「そういうのにアクセスできない設定もできるらしいよ」

「そうなの？」

「美緒は何かプレゼント買うの？」

「入学祝いも兼ねて腕時計。自分もそうだったし、中学生になったらやっぱり必要でしょ」

おお、会話が弾んできた。しかも夫婦みたいじゃないか。

「本当は携帯なんか高校卒業するまで持たせたくなかったんだけど、働いてるからやっぱり心配で」

「わかるよ」

「今はハルが面倒みてくれるから助かってる」

褒められた子供のように面はゆくて、おれはわざと視線をそらす。そして今気が付いたかのように、ポケットから小さな箱を出した。

「これ、前に千葉行ったときに買ったんだけど。開けてみて」

不思議そうに彼女はそれを受け取った。

「口紅？」

シャネルの新色だ。店員に聞いて、顔が明るく見えかつ派手ではない色を選んだ。小箱から出したルージュの蓋《ふた》を取り、美緒はその色に見入っていた。表情に変化が現れない。というより、必死に感情を抑えているようにも見えた。「つけてみてよ」と言う気でいたのに、言い出せる雰囲気にならなかった。

「ありがとう。高かったでしょ」

さっさと口紅を箱に戻すと、美緒は立ち上がった。怒ったのかとはらはらしていたら、菓子皿を持って彼女は戻ってきた。勧められて煎餅《せんべい》をつまむ。また沈黙だ。

「聞いてもいい？」

彼女はまっすぐこちらを見て言った。意を決したような視線だ。おれは煎餅を咀嚼《そしゃく》するのをやめる。

「ハルはこんな長く仕事休んで大丈夫なの？」

当然の質問だ。けれど、母親も美緒も、それについては触れないようにしているのだと何となく思いこんでいた。

「いや、まあ、忌引きってことでね」

「一人でバーをやってるんでしょう？　こんな長くお店閉じたままでいいの？」

なんで知ってるんだ。そんなことは一言も伝えたことはないはずだ。

「武藤君に聞いてた。騙《だま》してたわけじゃないの。ハルが家出してから、武藤君とどこかでばったり会うたびに、いまハルがどこでどうしてるのか教えてくれてた。だからおじさんが亡《な》くなって、帰ってくるんじゃないかっておばさんと話してたのよ」

だから二十年ぶりに突然おれが帰ってきても、あまり驚かなかったのか。武藤の奴《やつ》め、と息を吐いた。まあ、あの性格じゃおれがよっぽど口止めしない限り、見聞きしたことを美緒に話しても無理はない。そこまで考えてはっとした。もしかしたら美緒は、おれのあんなことやこんなことも知っているのかもしれない。

「一人でやってるったって小さい店だし、アルバイトが何人かいて、そいつらで店回していけるよ。それにおれ雇われマスターだから」

「こんなに休んだらアルバイトの人たちに迷惑なんじゃないの？　経営してる人も心配してるんじゃないの？」

痛いところを突かれて、おれは首の後ろを掻《か》く。美緒はどこまで知ってて言っているんだろう。

「美緒が心配しなくても大丈夫だよ」

なるべく気に障《さわ》らないような言い方をしたつもりだった。けれど彼女は明らかにかちんときた顔になった。

「それと一花のことなんだけど」

なんだ。やはりこの前のことが気にくわなかったのか。

「苺ちゃんて友達がいるの知ってる？　その子達のグループから最近いろいろ言われ

てるらしいのよ」

「いろいろって？」

「芸能人みたいなお兄さんといつも一緒にいるって。やっかみ半分だと思うんだけど、子供達にしてみれば、一花がいい気になってるように見えるんじゃないかしら」

確かに自転車で町中連れ回して配慮が足りなかったのかもしれない。だが今、面倒みてくれて助かっていると言ったばかりじゃないのか。

「さっき一花から、苺ちゃんちで遊ぶってメールきたけど」

「あの子なりに友達との関係を修復しようと必死なの。悪いけど、ハルはこの町じゃ目立ちすぎる。それでなくても、私が離婚したことで、あの子少し浮き気味だったんだし」

「帰ったほうがいいか？」

「なにそれ」

今度こそ彼女は怒った顔になった。

「そんな話をしてるんじゃないじゃない。面倒な話は聞きたくない、ものごとはみんな保留で人任せなの？　また逃げるの？」

正しい。美緒の言うことはいつだって正論だ。ぐうの音も出ない。ここで不愉快になるのは間違いだと承知しながらも、おれは立ち上がって彼女に背を向けた。呼び止められるかと思ったが、ブーツを履いても彼女の声はしない。振り向くと、目の縁を赤くした美緒がいた。

「おれもひとつ聞いていい？」

もっと和やかな空気の中でしてみたい質問だった。できれば裸で抱き合って、彼女の黒髪をいじりながら。

「旦那《だんな》さんとは、どうして別れたの？」

「面倒な話はしたくない」

きっぱり言われて、おれは玄関のドアを閉めた。巨大な自己嫌悪《けんお》がのしかかり、地面に埋まってしまいたかった。

おれには致命的な喧嘩《けんか》だったとは思えないのに、美緒親子はぱたりと姿を見せなくなった。母親に止められているのだろうか、一花はメール一通よこさない。それでもおれはスーパーへ行くたび彼女達の分まで食材を買い込んだ。母親は美緒達が来ないことも、ぱんぱんになった冷蔵庫についても何も言わなかった。

一花が来ないと暇だった。暇だとあれこれ考え事をしてしまう。いや、おれは少しものを考えたほうがいいのだ。そう自分に言い聞かせても、この先どうするかということより、後悔ばかりが頭の中に渦巻いた。せっかく再会した美緒をどうして怒らせてしまったのか。親父《おやじ》が死んだと知って衝動的に実家へ帰ってきたが、結局は東京でのしがらみから逃れたかっただけなんじゃないか。二十年前の家出だって、膠着《こうちゃく》した美緒との関係から単に抜け出したかったからじゃないのか。

おれは仏壇の前にあぐらをかいたまま、線香の煙を見るともなく眺めていた。親父はきっと、一人きりの我が子がこんな性格でさぞ苛《いら》ついたことだろう。成績は悪くはなかったが特に良くもなかった。中学校で入ったバスケ部は二学期の途中で辞めてしまった。威張りくさった先輩達に我慢ができなかったのだ。親父にそう理由を告げると、この根性なしと叩《たた》かれた。お前はやる気がない、覇気がない、何を言っても響かないと常々小言を言っていた。反発すればよかったのかもしれない。おれはただ黙り込んだ。この男は話が通じないうるさいだけの人間だと切って捨てていた。そういう態度だったから余計に美緒とのことを認めなかったのかもしれない。

父親は祖父がはじめた工務店を継いで、このあたりの家屋や店舗の建築を請け負っていた。一級建築士の資格を持っているのが自慢で、成績優秀ゆえじいさんが建築学部に行かせてくれた、おまえもちゃんとした大学を出て家業を継ぎ、先祖代々の墓を守れと前時代的な命令を繰り返した。親父が指し示したおれの未来図に、美緒は含まれていなかった。だから決して頷《うなず》かなかったし、返事もしなかった。親父が何か言う、おれは返事をしない、それでいつも殴られた。本気で殴るので、ものすごく痛い。その苦痛は心底恐怖だったが、ますますおれは意固地になった。

母親が救急車を呼ぶほどにぼこぼこにされたのは、高校三年の二学期だった。二年遅れで同じ高校に入学してきた美緒が、夏休み中に妊娠し堕胎をしたという噂《うわさ》が流れたのだ。相手はもちろんおれで、いとこ同士なのに気持ちが悪い、近親相姦《そうかん》だとスキャンダラスに話は伝わった。妊娠も堕胎も事実無根だったが、おれ達が恋人同士であることを美緒が認めたため、学校から家へと連絡があったのだ。両方の父親はそれを聞いて激怒した。美緒の両親は娘の純潔を踏みにじられたように思っただろう。親父はあまりの怒りに顔が充血して赤黒くなっていた。容赦なく腹を蹴《け》り上げられ、頭を床に何度も打ち付けられた。親父は暴れるだけ暴れて外へ出ていき、残されたおれは気を失った。気が付いたときは病院のベッドで、看護師がおれの膨れあがった顔を冷やしてくれていた。あとで聞いた話だが、親父も体力を使い切って玄関の外に倒れていたらしい。

まだ若い看護師の面差しが美緒に似ていて、おれは不覚にも泣いた。泣いたのはあれ一度きりだ。涙が止まらなかった。親父を殺してやると思った。何の理由もなくおれと美緒を侮辱し引き離そうとするこの町の住人全部を殺してやるとおれは震えた。びっくりした看護師が見当違いの慰めを言ったので、あっちへ行けと怒鳴った。たぶん怒鳴ったのもそれが最初で最後だったと思う。

その後、学校生活がどうだったかはよく覚えていない。特に処分というものはなく、顔の腫《は》れが引いても同級生達はよそよそしかったように思う。美緒は向かい風にはむかうように、ことさら凛《りん》として校内を歩いた。おれにも何事もなかったかのように接した。親父と親父の弟である美緒の父は、おれを都内の専門学校へでもやるかと相談していたようだが、監視を逃れて美緒を連れ去ることを恐れ手元に置くことに決めた。おれは高校を出たら、親父の工務店に勤めろと申し渡された。もちろん言うことを聞く気はなかったが、だからといってそれ以外に美緒のそばにいられる手立てはなかった。

そしておれは逃げたのだ。まだ十六歳だった美緒と駆け落ちする勇気はなかった。一人の人間の将来を大きく曲げてしまう責任が恐《こわ》かったのだ。おれが近くにいる限り、美緒は正しくあらねばならないと思うだろう。彼女の正しさが重かった。どんなに美緒が傷つくか知っていながら、おれは一人で逃げ出したのだ。

「どうしたの？　考え事？」

いきなり話しかけられて、おれはびくりとした。いつからそこに立っていたのか、母親が心配そうにこちらを見ていた。

「ああ、ぼんやりしてただけ」

「眉間《みけん》にこーんな皺《しわ》寄ってたわよ。これ、お隣さんから頂いちゃった」

そう言って母親は皿に載せた魚の干物を仏壇に供えた。かさごだろうか、ずいぶん大きい。母親は鈴《りん》を二度鳴らし、掌《て》をあわせる。親父の遺影を見上げる横顔からは、母の感情は何も読みとれなかった。

「じゃあ、これ夕飯にでも焼いて食べようね」

「かあちゃん、魚きらいなんじゃないの？」

「きらいなわけじゃないよ。ちょっと飽きてただけ。だってお嫁にきてから何十年も毎日魚よ」

母は笑っていたが、おれは笑えなかった。

「とうちゃんのこと恨んでないの？　そんな自分の食べたいものも食べられない生活でさ」

「恨んでるのは、あんたの方じゃないの？」

切り返されて、おれはゆっくり首を振る。

「もう昔のことだよ。あんまり長く離れてたから、悪いけど今もとうちゃんが死んだって実感ない」

母親はエプロンの裾《すそ》をいじりながら、なにやら言葉を探している様子だ。しまった、言い過ぎたか。この期《ご》に及んで母を困らすつもりは毛頭ないのに。

「おまえが出ていってから、少しずつお父さんは変わったよ。それじゃ遅かったんだけどね」

もう一度母親は親父の写真を見上げた。写真の中の父親は笑っている。おれはこんな満面の笑みを浮かべた親父など見た記憶はない。

「美緒ちゃんが結婚して一花ちゃんが産まれて。お父さんも転職して」

「あ、そこんとこ謎《なぞ》だったんだけど」

「風力発電のメンテナンス会社に入ったのは、わりと最近のことだよ。工務店にだんだん仕事が入らなくなってね。ほら、最近家を建てる人は大きいハウジング会社に頼むだろ。うちみたいな小さい工務店通じて大工さんに建ててもらおうなんて人はあんまりいなくなっちゃって。社員に退職金払えるうちにって、不渡り出す前に会社たたんだんだ」

そう沈痛でもない様子で母は話す。

「お父さん、まる一年くらい家でぼうっとしてたんだけど、風車を建てる基礎工事を手伝ってくれないかって言われたのよ。それで話を聞きに行ったら、こっちに風力発電のメンテナンス会社ができて整備員を現地採用するって話があってね。お父さんいろいろ資格も持ってるし、すごく興味持って勉強して。で、採用されて、東京まで研修も受けに行ったりしたのよ」

そんなことは想像できる範疇《はんちゅう》にない話だ。あんなに工務店の仕事にこだわって、お山の大将だったあの親父が研修だとは。

「すごく楽しそうに働いてたわよ。風車ってあの筒の中に梯子《はしご》があって、上まで登れるようになってるのね。お父さん、高い所で作業するのは得意だったし、手先が器用だから羽の細かい調整とかも上手だったらしいの。死んじゃったのは風車のせいじゃないよ。命綱もしっかり付いてて、ヘルメットもしてたし。運が悪かったのね」

そこで母は鼻をすする。帰ってきてはじめて母親が涙ぐむのを見た。

「かあちゃん、おれ」

「おまえには可哀相なことしたと思ってる。お父さんの暴力、私には止められなかったし、美緒ちゃんとのこともどうにもできなかった。あの頃はまだ、いとこ同士っていえば兄妹《きょうだい》みたいなものだって思ってる人多かったからね」

「だからそれはいいって」

「いまでも美緒ちゃんと一緒になりたいと思ってるのなら、私は大賛成だよ。一花ちゃんも懐《なつ》いてるし」

面と向かって言われて、内心激しく動揺した。おれはそこまでちゃんと考えてはいなかったし、美緒の気持ちも今となってはよくわからない。だがもし結婚ということになれば、おれ達はどこで暮らすのだろう。母親が一番望んでいることは、この町におれが根を下ろすことかもしれない。それが絶対いやだという理由もないが、東京の生活をあっさり捨てられるのかというと自分でもわからない。東京という土地にこだわっているわけではない。十八歳のとき、ただここを出たかっただけだ。ここじゃなければどこでもよかったのだ。ここから一番近い都会が東京で、そこで運良く職にあぶれず生きてきた。今ではそこそこ楽しく安定して暮らしている。ここのところ、だいぶへこむ出来事があったとしても。

「おばさーん、ハルイチおじさーん」

玄関の方で一花の呼ぶ声がする。母親は笑顔になって立ち上がり、おれはその話から解放されたことに安堵《あんど》した。二人のいつもよりはしゃいだ声が聞こえる。廊下へ顔を出すと、一花は「じゃーん」と言ってポーズを決めた。

中学校の制服だった。おれと同じ中学に入ると聞いていたから同じ制服なのかとばかり思っていたら、昔のださいセーラー服から、紺のブレザーとチェックのスカートに変わっていた。

「今日できてきたの。似合う？」

「おお、女に見える」

「それ褒めてんの？」

彼女はいつもデニムを穿《は》いていたので、見違えるようだった。伸びた前髪をピンで留めていて、つるりと白い額が美緒に似て愛らしい。

「でもスカート丈、そんな短くていいのかよ」

「これはウエスト折ってる」

「色気づいてんじゃねえ」

「このくらいがカッコいいんだって、苺ちゃんも言ってたよ」

おれ達が話している間に、家の電話が鳴ってるなとは思っていた。母親が出て応対している様子だ。

「あ、ねえ、ハルイチおじさん聞いて」

「え？」

「あたしの誕生日に、パパが北京《ペキン》からちょっと帰ってくるんだって」

パパ？　一花のパパってことは美緒の元夫か？

「ハル、あんたに電話よ」

そこで母親がおれを呼ぶ。

「東京の榊原《さかきばら》さんっていう女の人。いまＪＲの駅まで来てるそうよ」

「え？　ええ？」

一花と母親、両方の発言に驚いて、おれは固まった。一花への問いかけをなんとか保留にして、おれは急いで電話に出た。


車で送って行くと言う母親を何とか断り、おれはタクシーを飛ばして駅へ向かった。車の中であれこれ言い訳を考えてみたがうまく物事が考えられない。何度か深呼吸してみた。別に驚くことではないではないか。あいつがいつまでも黙って大人しくしているわけがない。だが今日のところは謝り倒してお引き取り願おう。まあ、これだけ恩知らずなことをしたのだから、許してもらおうとは思っていない。見切られるのは慣れている。

駅に着くと、榊原まり江はおれが帰省してきたときと同じ喫煙コーナーで、暇そうに煙草《たばこ》を吸っていた。声をかけようとしたら、その隣に知っている女の子を見つけて心臓がひっくり返りそうになった。こちらにやって来る電車賃を貸してくれた、ディズニーランドでデートした朱夏《しゅか》という子だった。

二人はおれに気づき、でもそこから動かずこちらを睨《ね》め付けている。まり江はいつものハイブランドファッションだが、朱夏はいつもと違って雑誌から抜け出してきたようなお嬢様風コーディネートだ。けれどまだ右手に杖《つえ》を持っていた。

「遅い。二十分で来るって言ったくせに」

先に口を開いたのはまり江だ。

「だから、どっか入って待っててくれって」

「ちょっと歩いてみたけど、コーヒー飲めそうなとこなんて全然ないじゃない。それに春一は私達の携帯、拒否ってるじゃない？　どう連絡すればいいわけ？」

私達、ときた。いつの間にこの二人は仲良くなったのだ。

「どうして実家の電話番号わかったんだ？」

「武藤君って幼なじみの子よ。前にお店に来たときにアドレス聞かれたから交換しといたの。何かのときに役に立つかと思って。で、思った通り役に立ちました」

また武藤か。いやいや、悪いのはおれだ。

「えーと、それで……？」

「何しに来やがったって顔ね」

まり江は両手を腰に当てて、顎《あご》を上げた。相当怒っているときの彼女のポーズだ。

「お父様が亡《な》くなったことにはお悔やみ申し上げます。だけど、それっきり一ヶ月以上連絡ひとつよこさず電話もメールも着信拒否で、雇い主に対していい態度じゃないの」

「まり江さん、本当に心配してたんですよ」

そこで朱夏が口を開く。

「あたしも携帯通じなくなって、嫌われたのかなあって思ったけど、やっぱり心配で。そしたらまり江さんが家に電話くれて、春一さんから連絡ないかって聞かれたんです。一緒に住んでる人が急にいなくなって、電話も通じなくなったら心配になるのが普通ですよ」

ごもっともで。真《まこと》にごもっともだが、朱夏はおれのことが好きだったのではないか。どうしてまり江の肩を持つのか。女ってのはまったくわからない。

「とにかく、二人とも遠くからわざわざありがとう。どっか座って話そうよ」

「喫茶店すらないじゃない」

「あ、温泉泊まるってのは？　岬の方にいい温泉旅館がたくさんあるからさ。な、おれが奢《おご》るから。いま電話してみるから」

「温泉奢るほどのお金持ってるわけ？」

そのとき後方から車のクラクションが控えめに鳴った。ロータリーの方を見ると、セダンの窓から母親がこちらに向かって大きく手を振っていた。

母親が強く誘い、反対したのがおれ一人だったため、結局女達は実家にやって来た。家へ向かう車中、母親は港近辺のタワーや魚市場、突如現れる風車のことなどをガイド人さながら説明し、まり江と朱夏は嘘《うそ》か真か興味深そうにいちいち驚いてみせていた。

家で待っていた一花は突然やって来た都会の女二人にびっくりし、二階へ隠れてしまった。おれにはそれを気にする余裕はなかった。

まり江はちゃんと香典を持ってきていて、改めて母親にお悔やみを述べ、非の打ちどころがない様子で焼香をした。社会経験豊富というか百戦錬磨というか、どんな状況でも満点の対応ができる女だ。年上とはいえ、おれと三歳しか違わない。三年後のおれがこんなしっかりした人間になるとは到底思えない。

数人の女との同棲《どうせい》を繰り返してきたが、まり江とは一番長く続いてもう五年になる。それまではおれが女の部屋に転がり込むという形だったが、彼女はおれから家賃や食費を取った。マンションの名義はまり江だが、おれは初めて居候《いそうろう》ではなく同居人として扱われたのだ。その生活を知って、自ら望んだことといえおれは今まで肩身の狭い思いをしていたのだと知った。居候の身なので、何か頼まれると不本意でもなかなかいやと言えなかった。自分で自分の首をしめていることに気が付かなかった。

まり江は裕福な家で育った才媛《さいえん》で、外国の大学を出て外資系の証券会社に就職したそうだ。それから何度もヘッドハンティングされて職場を移り、今は独立して経営コンサルタント会社を営み、副業でネイルサロンとバーも経営している。そのバーの雇われ店長がおれだ。前の店でルックスと行儀のよさを褒められた。うちの店へ来ないかと言われ、給料が格段によかったので了承した。それからプロのバーテンにカクテルの特訓を受け、ソムリエの資格まで持っているまり江からも酒の知識をたたき込まれた。一緒に暮らすようになったのはその頃だった。最初はこわい女だと思っていたが、話してみれば案外かわいいところがあり、何より屈託なくさっぱりしているところがよかった。

腕まくりをして食事の支度をしようとする母を止め「お願いだからおれにさせて」と頼み込んだ。おまえのお客様だろうとぶつぶつ言う母を説得し、おれは台所にこもった。食材が山のようにあるのが、よかったのか悪かったのかわからない。まず簡単につまみを作ってビールと共に持っていく。

リビングでは母親がおれの子供の頃のアルバムを持ち出して、女三人でかしましくそれをめくっていた。おれでさえろくに見たことのないアルバムだ。

「春一さん、これやばくないですか？」

笑いながら朱夏がおれに写真を見せる。幼稚園児のときのものだ。

「お母さん、いいもの食べさせすぎ」

「すごいデブでしょう。私も将来この子、どうなるやらって思ったわよ」

楽しそうだ。おれの恥ずかしい写真で楽しんでくれるなら、いくらでも見てくれ。そしてご機嫌なまま帰ってくれ。祈るようにそう思いながら、おれは料理の続きにかかる。考える時間がなかったので、とにかく和洋中統一なく、簡単にできるものを端から作ることにした。

蛸《たこ》とわかめで酢の物を作り、手羽先をスパイスで煮込む間に茄子《なす》と豚肉を炒《いた》めた。もらった干物をがんがん焼いて、まり江が芋好きだったことを思い出して里芋を煮るべく皮を剥き、浅蜊の炊き込みご飯を仕込んだ。何度も呼ばれてビールやら焼酎やらを運ぶ。この家にあった発泡酒をおれが全部飲んでしまったので、味の濃いクラシックビールを買ってあったことは運が良かった。まり江は発泡酒が大嫌いなのだ。忙しく立ち働いていると、匂《にお》いにつられたのか一花が台所に現れた。つまみ食いをしていると母親に呼ばれ、おずおずとリビングに入って行った。しばらくたっても戻って来ないので、話の輪に入ったのだろう。できた料理を持ってリビングへ行くと女達は一斉におれを見た、と思ったら料理の皿を見たのだった。

「今度はなに？」

「あー手羽先。いい匂い」

「ほんと、春一さんて料理上手なんですねー」

脱力しつつおれは笑った。珍しく母親までビールに口をつけている。どうもこのペースでは酒が足りなそうだ。一息入れてから酒屋へ行き、ワインでも買ってこようか。

絨毯《じゅうたん》の上で熱心にアルバムを見ている一花の隣に座ると、写真に目を落としたまま

「ママは写ってないの？」と聞いてきた。

「その頃はまだ知り合ってないからな」

「なんで？　いとこでしょ」

「小学校の途中で、ママは近所に引っ越してきたの」

おれは一花の頭越しにアルバムを覗《のぞ》き込む。おれ一人で写っているものと、親父《おやじ》とおれが写っているものが多い。ということは母親が主にカメラを向けていたのだ。古い写真の中の親父はとても若い。今のおれより若いかもしれない。真夏の海岸で、親父とおれは水着のまま肩を寄せ合い笑っている。強い日差しの下、髪や体に水滴を光らせて。おれの記憶から消去されていた思い出だ。

美緒と出会うまで、親父とおれはあんなに険悪ではなかったように思う。おれと美緒が惹《ひ》かれあったからこんな結果になったとは決して思わないが、不思議な感覚が胸をしめつけた。美緒が出してくれたホットカルピスの湯気のような白く淡いものだ。捕まえようと思っても、大事にとっておこうと思っても、すり抜けていってしまうもの。これはいったい何だろう。

ふと顔を上げると、リビングの入り口に美緒が立っていたので幻かと思った。目をぱちくりさせて、仕事帰りに娘を迎えにきた現実の美緒だということがやっと飲み込めた。どうして気が付かなかったのだろう。一花がいれば美緒が来ることは分かっていたはずなのに。掌《て》にいやな汗がふきだした。

「お客さま？」

誰に問うでもなく、美緒は口を開く。

「東京からいらした春一のお友達なの。こちらは一花ちゃんのお母さん」

はしゃぎ気味に母親が言うと、美緒はにっこり笑った。まり江と朱夏も愛想よく挨《あい》拶《さつ》をし、一花は美緒の後ろにさっと隠れた。そこで炊飯器が炊きあがりの電子音を上げた。おれはたかが炊飯器に助けられ、台所へと引き上げる。そうだ、酒屋へ行こう。芋もちょうどいい具合に煮えたので、これを出して外で時間を潰《つぶ》してこよう。

芋を盛った鉢を手にリビングへ戻ると、美緒までビールを飲んでいた。彼女がアルコールを飲んでいるのを初めて見た。飲めないわけではない様子だ。それにしても女達は如才ない。それぞれ思惑を抱えているはずなのに、まったくそんな感じは見て取れない。誰もおれのことなんか好きではないような様子だ。話題は一花の中学入学のことに及び、人見知りしていた一花まで少し笑って大人の質問に答えている。おれは母親に近寄って耳打ちした。

「酒屋行ってくる。めし炊けてるから適当に出してくれる？」

隣にいたまり江が「聞こえたぞー」とおれを覗き込んだ。

「逃げる気か、春一」

「そうだよ。春一さん、さっきから全然話に加わってないし」

「それが客をもてなす態度か。お母さんを見習え。迷惑な顔ひとつしないで、知らない女に酒飲ませてくれてー」

何が面白いのか、女達はそこで高い声を上げ一斉に笑う。

「そんな行楽帰りの親父みたいな、変なトレーナー着てー」

「うるせえ！　ほっとけ！」

気が付いたらおれは怒鳴っていた。自分でもびっくりした。このトレーナーは母親が買ってきた、それはそれはセンスのかけらもないものだ。汚れてもいいと思って料理するときに着ていた。そのうち着心地がよくなってきて、最近はこればかり着ていたのだ。だからといって怒鳴るほどのことだろうか。一同しんとなった。おれは座を白けさせたことを恥じた。そして身の置き所がなくなり、立ち上がる。悪い悪い、と笑ってごまかせばよかったのだろうが、それさえできなかった。「頭冷やしてきます」と言い置いて二階への階段を上がる。このまま外へ行ってしまったら、あまりにも大人げないと思ったのだ。自室の窓を大きく開け、ベッドに転がり両手で頭を掻《か》きむしった。階下へ耳を澄ますと、女達の笑い声が再び聞こえた。憤《いきどお》りと安堵《あんど》が入り交じる。物事はこうしていつも複雑になる。もしかしたら、おれ自身が事態をかきまわしているのだろうか。いや、もしかしないでもそうだろう。自業自得《じごう》だ。けれどこじれた物事は、やがておれの思惑の外で勝手に解決してゆく。だからおれは余計に、からまった糸を自分でほどこうとはしなくなった。

目をつむっていると、誰かが階段を上ってくる音が聞こえた。一花の軽やかな足音でもないし、母親の慣れたリズムでもない。不安定なその音を聞いておれは起きあがる。ドアを開けると、杖《つえ》を手にした朱夏がそこにいた。

「危ないだろ。一人で階段なんか上って」

「平気です。もう杖なんかいらないくらいなんだから」

とりあえず彼女を招き入れて、ベッドに腰を下ろさせてやった。

「ええと、朱夏ちゃん、さっきは大きい声出したりして」

「気にしてないです。少なくともあたしは」

おれが全部言う前に、彼女はおれの言葉を遮った。そして部屋の中を見回した。

「ここが春一さんの部屋かあ。あの机で勉強とかしたんですよね」

「そうだね。勉強ったって大してしなかったけど」

「で、あの美緒さんて人が、春一さんの忘れられない女の人ですね」

絶句した。そういえば彼女には、美緒の話を少ししたことがあった。つき合って下さい、まり江さんと結婚する気がないのなら、あたしをその候補にしてください、と朱夏があんまり真面目《まじめ》に言うものだから、美緒とのことをかいつまんで話して納得させようと思ったのだ。だが朱夏は、何故《なぜ》だかそれをロマンチックな話として受け取った。

「なんでそう思ったの？」

幼なじみだとは言ったが、いとこだとは言ってない。まして名前も朱夏には話さなかった。

「空気でわかりますよ、そんなの。美緒さんって人、この男は私のよーって光線ビシバシ出してたし、春一さんだって美緒さんと全然話さなかったし不自然ですよ」

「……ビシバシ？」

おれは唸《うな》った。そんなものだろうか。彼女がそんな気がしたというだけなんじゃないのか。

「ね、春一さん、今日のこの格好どうですか？」

朱夏は両手をかるく広げてみせる。胸元がやや開いていていい具合に胸が見えそうなワンピースだが、痩《や》せすぎているので色気という点では今ひとつだ。服そのものはリボンも襟ぐりのパイピングも愛らしい。

「似合ってるよ。カジュアルなのも朱夏ちゃんらしいけど、こういうのもいいね」

「久しぶりに春一さんに会えると思ったから、おしゃれしちゃった」

満足そうに彼女は微笑《ほほえ》んだ。朱夏は体育大の学生で、長距離走をやっていた。甘ったるい話し方からは想像もつかないような走りをしたらしい。オリンピックとまではいかないが、駅伝の選手としては有名だったし、フルマラソンもはじめようとしたところだったそうだ。

その彼女を走れなくしたのはおれだ。去年の暮れに、おれは車で彼女をひっかけた。朱夏は靱帯《じんたい》を損傷した。どう償っていいのか、いまでもおれはわからない。

店が深夜二時閉店なので以前おれはタクシーで帰宅していたのだが、それだと店がひけたあと毎日のように常連客と飲み歩いてしまってタクシー代が馬鹿《ばか》にならなかった。タクシー代そのものはある程度使っていいことになっていたが、飲み代がかさんでいることと、睡眠不足で翌日の仕事に支障が出ることをまり江に何度も叱責《しっせき》されていた。そこでまり江の車を借りることを思いついた。彼女は二台車を持っていた。車ならば酒も簡単に断れるし、タクシー代も飲み代も節約できる。しばらくはそうして順調に通勤していた。

その日は店がやけに混んでいた。常連客の一人が誕生日だとか言い、知らない客同士で盛り上がり、おれもビールを勧められた。グラスに一杯だけならと思って飲んだ。

飲み干したあと、もう一杯勧められて注ぐだけ注いでもらって飲まずに手元に置いた。でも閉店の支度をはじめる頃には、いつの間にかそのグラスも空になっていた。店を出るとき、酔いはまったく感じられなかったが、車を置いてタクシーで帰ろうかほんの少し迷った。何故あのとき迷ったのかわからない。迷わずタクシーで帰るべきだったのに。夏ならば空はだいぶ明るくなっている時間だったが、まだそのときは真っ暗だった。まり江のマンションは細い道が入り組んだ住宅地にあり、そんな時間に人通りはまったくなかった。通い慣れた道ということもあった。何の気なしに右折をしたときだった。人の影が左手に見え、おれは咄嗟《とっさ》にハンドルを切ってブレーキを踏んだ。ぶつかったかどうかわからなかったのは、自分の車が電柱に激突したからだ。気が付いたら目の前に巨大で白い風船のようなものが膨らんでいて、おれは必死にそこから這《は》い出た。車のそばにはジョギング中だったらしい女の子が倒れ、家々から人がパジャマ姿で出てくるのが見えた。

もうそのあとのことはよく覚えていない。いつの間にか救急車が来て女の子を運んで行き、おれは警察に連れて行かれた。覚えているのは目眩《めまい》がするような恐怖心だ。おれなど死んでいいから、あの子を助けてほしいと生まれて初めて神に祈った。結局、朱夏は右足の靭帯を損傷したものの他に外傷はなく、本人の証言からも出会い頭に車が出てきてびっくりし、転んだということだった。おれの方は微量だがアルコールが検出され免許取消になった。

もちろんまり江は怒り狂っていたが、おれが出ていっても相手側が感情的になるだけだと、冷静に朱夏の両親に対応した。朱夏本人が、車にぶつかってはいないし自分も不注意だったと主張し続けたので、裁判も辞さない様子だった両親と示談が成立した。おれの貯金では賠償金を到底払いきれず、足りない分はまり江が出した。銀行預金はゼロになり、おれはまり江から最低限の小遣いだけもらって働いて金を返すと約束した。

何度も朱夏を見舞っているうちに、彼女が明らかにおれに好意を持っていることに気が付いた。松葉杖をついて歩けるようになると、デートしてくださいとはっきり口に出すようになった。断れなかった。映画館、プラネタリウム、お台場や青山の洒落《しゃれ》たカフェ。送り迎えを含めて数時間足らずのことだ。だがおれは後ろめたさに押しつぶされそうだった。朱夏の気持ちに応《こた》えられない。デート代だって消費者金融から借りることもあった。

「春一さん、もういいですよ」

唐突に朱夏が言った。

「え？　何が？」

「何でもないです」

含み笑いで彼女は肩をすくめる。

「あ、そういえば、前に借りたお金返さないと」

財布から札を出して「裸のままでごめんね」と彼女に差し出した。しばらく朱夏は札を見て、それを受け取った。受け取らないかと思った。お金なんか、とか、ちゃんと返しに来てくださいとか言うと思った。

「今までごめんなさい。いろいろあたしの我《わ》が儘《まま》きいてくれてありがとうございました」

「ごめんなさいって……朱夏ちゃんが謝ることなんか何もないだろ」

「あたし、まだ若いから平気です」

ゆっくり立ち上がり、朱夏はそう言った。

「足だってリハビリすればまた走れるようになります。速く走れなくても、健康だし体力あるし何でもできる。そうでしょ？」

「そうだな」

「あたし達、終電で帰ります。いまお母様がおにぎり作ってくれてるの。階段下りるのまだ恐《こわ》いから、春一さん一緒に来てもらっていい？」

もちろん、と言って、おれは朱夏の腕を支えてやって階下へと降りた。玄関ではちょうどまり江がジャケットを羽織っているところだった。母親はもうタクシーが来ているというのに「泊まっていかないの？」と食い下がり、美緒も一花も玄関まで見送りに出て来ていた。

タクシーに乗るとき、まり江は絶対何か言うだろうと思って構えた。なのに彼女はおれをちらりと見ただけで、礼儀正しく暇《いとま》を告げ帰って行った。


親父の四十九日は花曇りの朝だった。なんとかお天気持ちそうね、と喪服に着替えた母親が言う。おれは黒のネクタイをしめながら生返事をした。ネクタイなど何年も縁がなかったので苦戦していたら、母親がやって来てちゃっちゃとしめてくれた。おれの中の駄目男メーターがまた少し上がった気がした。

まり江達の奇襲のあと、おれは携帯の着信拒否を解除した。なのに誰からも連絡がない。まり江も朱夏も、美緒も一花も、用もないのにかけてきていた店の常連客達も、とうとうおれを見放したようだ。

本当は今日納骨を終えたら東京に戻る気でいた。いや、明日は一花の誕生日なので彼女と遊んでやり、好きなものを作ってやってから帰ろうと思っていた。けれど父親が来ているのならおれの出番はないだろう。だいたい東京におれの居場所はまだあるのだろうか。地元にこのまま残るという選択もある。だが美緒に嫌われてしまったのなら、ここにいる意味はあまりない。一生遊んで暮らせるわけはないのだから働かなくてはならない。東京で？　地元で？　いっそ全然知らない土地で？

おれは一体どうすべきなのかますますわからなくなっていた。そのうち状況が動くだろう、その流れに身を任そうと思っていたのに、状況は淀《よど》んで動かない。状況というか、自分の気持ちの方向が定まらない。

そろそろ出掛けるわよ、と母親に言われぼうっとしたまま玄関へ行く。そのとき母親が「あっ！」と大きな声を出した。

「春一、黒の革靴持ってないわよね」

「ああ、そういえば」

「喪服そろえたとき、どうして気が付かなかったのかしら。どうしよう。もう時間ないわ」

「いいよ、ブーツで」

確かに黒スーツにレッドウィングでは変だが、そんなのはどうだってよかった。

「駄目よ、そんなドタ靴。おまえ足、何センチだった？」

「28センチだけど」

「そんな大きいの？　お父さんの靴じゃ全然入らないじゃない」

絶望的な顔で母は嘆く。軽くパニックになっているようだ。おれはどうでもいいが、母親を落ち着かせてやりたかった。

「わかった、かあちゃん。武藤に借りて来る」

「でも時間が」

「まだ余裕あるよ。なるべく早く借りて、寺に駆けつけるから先行ってて。かあちゃんが遅刻するわけにいかないだろ」

しぶる母親を送り出して武藤に電話をかけた。彼は快諾してくれ、しかも寺へ送ってくれるとまで言う。コーヒーを淹《い》れて飲み、煙草《たばこ》を二本吸い終わった頃に武藤は現れた。今日はムスタングではなく国産のワゴンで、彼はほとんど寝起きといっていい姿で車から下りてきた。片手に靴を一足ぶらさげている。礼を言って足を入れてみた。ややきついような気もしたが、普段履き慣れてないのでこんなもんかと思った。

「それにしてもスーツの似合わん男だなあ」

おれの格好を見て武藤は言う。

「ほとんど着ないからな。朝早くから悪かった」

「いいって。すまんとありがとうはさっき電話で散々聞いた」

ジャージの尻《しり》を掻《か》きながら彼はあくびをし、先に車へ乗り込んだ。

「で、おまえ、どうなのよ？　いつまでこっちに居るの？」

いきなり核心をつかれておれは唸った。

「いやもう、どうもこうも」

「この前もそんなこと言ってたぜ」

武藤は鼻で笑う。車の中はかすかに甘い匂《にお》いがした。香水ではなくミルクのような匂い。きっとこれは子供の匂いなのだろう。

「なあ武藤、父親になるってどういう感じ？」

「なんだよ。美緒ちゃんと結婚でもすんのか？」

「そこまで言ってねえだろ」

「てゆうか、美緒ちゃんの娘をあんなに連れ回すんなら、そこまで考えろって話だよ。結構うわさになってんぞ、春一とあの子のことは」

改めて言われ、駄目なおれは心の底でびびった。そんなに広まっているとは想像していなかった。美緒の心配は無理もない。今のおれは、この町でどうしようもなく異質なのだろう。

「どうすっかな、おれ」

「知らねえよ」

「そうだよなあ」

信号で止まると武藤はステアリングを苛立《いらだ》たしげに叩《たた》いた。

「おまえってそんな奴《やつ》だっけか？」

怒っているというより、彼は自分に問いかけている様子だった。

「今のおまえって、スナフキンごっこしてるみたいだぜ」

「はあ？　スナフキン？」

「ムーミン谷のスナフキンだよ。おれはいつでも旅に出ますよって顔で、でもずっとムーミン谷のはしっこでギター弾いてるニートな男だよ」

おれは軽く吹き出す。

「なんだよそれ」

「そんな、ただの孤独ぶりっこに、あの美緒ちゃんが入れ込むかな」

ウィンカーを出して、車は国道を逸《そ》れた。もうすぐ寺に着く。

「前から何となく思ってたんだけどさ。春一は優柔不断なんじゃなくて、融通がきかなすぎなんじゃねえの。まわりの女のお願い、全部叶《かな》えられるわけねえじゃん。それ義理堅いっていうより傲慢《ごうまん》よ。何でもかんでも背負《しょ》い込もうとするから、逃げたくなるほど重くなるんじゃないの？」

おれは穴が開くほど武藤の顔を見た。こびりついた目やにをとってやりたい程だった。

「武藤、おまえ、いつから人生相談なんかできるようになったんだ？」

「嫁と子供三人、従業員二十人抱えてりゃ、いやでも地に足が着くっつーの」

鼻に皺《しわ》を寄せ、忌々《いまいま》しそうに武藤は言った。

おれが寺に着くと、もう墓の前で読経《どきょう》がはじまっていた。参列者は想像していたより多人数で、黒い固まりが墓を囲んでいる。住職のきらきらした袈裟《けさ》だけがひときわ目を引いた。おれはそっと人垣に加わる。墓が開けられ、親父《おやじ》の骨壺《こつつぼ》が中に入れられる。人の肩越しなのでよく見えない。

墓を覗《のぞ》き込むつもりで首を伸ばしたら、美緒とばっちり目が合った。おれより先に彼女が目をそらす。美緒の右隣には中学の制服姿の一花が神妙に立っていた。制服姿はこの前見たが、こうして遠目で見ると知らない少女のようだ。左隣の男が何やら彼女に耳打ちをする。一花は男の顔を見上げ、親しげに微笑《ほほえ》んだ。

きっと父親だ。あんなとろけるような笑顔を一花が他人に向けるとは思えない。男は中肉中背で眼鏡をかけている。特徴らしい特徴はないが、親子だと思ってみれば口元が一花と似ていないでもない。

急に地面がぐらりとした。地震かと思ってあたりを見回す。そこにいる人々はみな静かに立っていて、誰も揺れを感じている様子はない。そしてくらっとしたのは自分自身で、地面ではないことがわかった。貧血だろうか、冷や汗が吹き出し、立っているのがやっとだった。深呼吸して体勢を立て直す。一花がおれを見て、控えめに手を振ってきた。そのとき、雷に打たれたように、おのれが犯した罪に気が付いた。

おれが美緒をはじめて抱いたのは、彼女が中学校に上がってすぐだった。目の前にいる一花と同じ歳《とし》だった美緒に手を出したのだ。まだ全然子供じゃないか。おれだって子供だったし、双方合意の上だった。けれど一花のあの制服を脱がし、まだどこも丸みを帯びていない幼い彼女の体を征服する男がいたら、それが幾つのどんな男であってもおれは許さないだろう。そして親父は罪を犯した男の父親だったのだ。それは殴るだろう。おれだって殴る。

後悔しても遅かった。だが後悔せずにはいられない。おれは美緒に謝ったことが一度でもあっただろうか。美緒の両親にも、自分の親にも、口先だけ謝罪の台詞《せりふ》を発したことはあったかもしれないが、ちゃんと謝ったことがあっただろうか。武藤はおれを傲慢だと言った。本当にその通りだ。

頭の中がわんわんと鳴る。おれの動揺には誰も気が付かず、墓は閉じられ読経は終わった。堅かった人々の表情はほぐれ、それぞれ世間話をしながら墓場から本堂へ向かう。このあと親戚《しんせき》達と精進落としの昼食を摂《と》ることになっている。逃げ出したかった。こんな気持ちで、飯なんか喉《のど》を通るとは思えなかった。

けれど、母親の運転する車に乗って、おれは寺から少し離れた場所にある天ぷら屋へ向かった。美緒の両親は転勤で九州に住んでおり欠席だったが、もしこの場にいたらおれはどうしていただろう。土下座でもしていたか。もしものことを考えても仕方ない。おれはあの頃の美緒の両親と、親父の苦悩を思い、それに比べれば、この罪悪感など耐えて当然だと自分を鼓舞して座敷に上がった。

ざっと数えて十五、六人の親戚が集っていたが、誰がどんな関係なのかまったくわからなかった。母親は挨拶《あいさつ》で忙しい様子だし、美緒はこちらを見ようともしない。朱夏が言っていたビシバシ光線はどうした。やはり武藤の言うことが正しいのだろう。男達のほとんどはビールを飲み、早々に日本酒に切り替えている者もいる。一花の両隣には美緒と父親らしき男が座り、離婚などしていないかのように家族らしく見えた。

おれは誰からも話しかけられなかった。一応最初に母親がおれのことを息子ですと紹介したので頭は下げた。親戚達はぎくしゃくと笑顔をつくってくれたが、事情を知っている者ばかりなのだろう。気軽に話しかけてくるわけはなかった。放っておかれるのは一向に構わなかったが、話に夢中になっているふりをしながら、親戚達はおれのことをちらちらと見ていた。にらみ返さないようにするのに苦心した。

「春一君だったね。もう一杯どう？」

突然言われて、いつの間にか横に座っていた男を見た。一花の父親だ。

「いつも娘がお世話になってるみたいで、ご迷惑おかけしてます」

柔和な笑顔をおれは見つめた。笑ったその目の奥に怒りが燃えていないか確かめるように。ビール瓶を持った彼は返事をしないおれを不思議そうに見た。

「あ、すみません。頂きます」

慌《あわ》てておれは空になったコップを手に持った。男は丁寧にビールを注いでくる。酒がまわっている様子もない。

「きのう北京《ペキン》から戻ってきましてね。いや、日本はいいです。道はきれいだし、人が殺伐としてなくて」

適当に頷《うなず》き、おれはビールに口をつける。近くで見るとずいぶん腹が出ている。顔の造りも平凡だ。けれど清潔感というか、誠実な感じがにじみ出ている男だ。ビジネスマンなのだから当たり前かもしれないが、おれより何倍もスーツがしっくりきていた。

「いつまで日本にいらっしゃるんですか？」

何も聞かないのも感じが悪いだろうと思って、おれは質問してみた。

「あさってには戻ります。まあ、またゴールデンウィークには日本に来ますけど。娘と会いたいですしね」

笑え。笑えなかったら「そうですね」くらい言え。黙るなおれ。そう強く思ったのに、結局おれは何も言えなかった。

「あの、春一さん。立ち入ったことかもしれないんですけど」

彼は頓着《とんちゃく》せずにそう言った。

「目がお悪いんですか？」

「え？　いいえ？」

「サングラスみたいな眼鏡をかけてらっしゃるから、ちょっと気になって」

これはオシャレなんですよ。サングラスじゃなくて度が入ってるんですよ。わざとこういう色のを年中かけてるんですよ。そんなことが言えるわけがなかった。負けたと思った。人としてのまっとうさに負けた。そして、もし一花の父親が全部嫌味で言っているのだとしたら、おれという人間そのものが完全に否定されていた。トイレに立つふりをして、おれは立ち上がった。


店の入り口に並べられた、似たような革靴の中から自分の履いてきた靴を見つけ出し、外へ足を踏み出したときだった。「ハルイチおじさん！」と後ろから呼ばれた。振り向くのを我慢して、外へ出て店の扉を閉める。そのとたんに背中で戸が開いた。

「どこ行くの？」

「帰る」

「東京、帰っちゃうの？」

あまりにせっぱ詰まった声で言われ、おれは振り返った。一花は両目いっぱいに涙をためていた。

「泣くなよ。うちに帰るだけだよ」

「本当に？　おばさんのうちに帰るだけ？」

「そうだよ。悪いけど一花、声大きいよ。おれ、かあちゃんに気づかれないうちに消えようとしてんのに」

一花は泣き笑いのような表情になる。

「じゃあ、あたしも一緒に帰る」

「おまえはダメ。お父さん来てるんだから、一緒にいなさい」

携帯でタクシー会社に電話かけながら歩き出す。一花はおれの前にまわりこんだ。

「でも、これ終わったらハルイチおじさんち行ってなさいってママ言ってたよ」

車を頼んで、おれは一花を見下ろす。

「ほんとか？」

「なんかさ、きのうパパが帰ってきたとたん、喧嘩《けんか》なんだよね。離婚したらもう喧嘩しないと思ってたのに。今日も話し合うんだって。やんなっちゃうよ」

おれは路地から国道まで、わざと彼女に歩調を合わさずぐいぐい歩いた。一花は小走りについてくる。

「そうだとしても、ママかパパに送ってもらってうちに来な」

「なんでよー？」

「心配するだろよ」

「今更なに言ってんの？　それよりあたしはハルイチおじさんが急にいなくなっちゃ

う方が心配だよ」

ぎゅうと腕を掴《つか》まれた。おれを見上げる一花の目は再びうるんでいる。

「ハルイチおじさんはもうすぐ帰っちゃうんだってママ言ってた。東京の女の人達は迎えに来たんだって、今日の法事が終わったら帰るかもって言ってた。でも明日はあたしの誕生日だからまだ帰らないよね？」

「うん」

「その次の日は？　そのまた次の日は？」

わからないと言えなかった。かといって明確な日にちも答えられない。帰るかどうかすらはっきりしないのに。

「前からママね、ハルイチおじさんとあんまり仲良くすると別れるとき悲しいよって言ってたけど、違うよね？」

「そんなことを言っていたのか」

「小学校の友達で、中学違っちゃう子もいるけど、仲良くしなきゃよかったなんて思わないもん」

そこでタクシーがおれ達の前に滑り込んできた。後部座席のドアが開き、運転手がおれの名前を聞いた。一花が先に返事をし、あっという間に乗り込んでしまった。引きずり下ろすわけにもいかず、おれは車に乗り込む。

「運転手さん、水族館まで行ってください」

しかも一花は勝手にそんなことを言い出した。

「なに言ってんの、おまえ」

「いいじゃん。明日の誕生日、パパと遊びに行くからハルイチおじさんとは会えないし」

「よくねーよ」

「携帯だって機種変更ダメだったしさあ。ハルイチおじさん、まだなんにも買ってくれてないし」

「勘弁してくれよ。それにこの格好だぜ」

運転手が不機嫌そうに「それでどこ行くの？」と尋ねてきた。一花が元気良く「だから水族館まで」と答えた。

夕方までには帰るという約束で、おれは一花につきあうことにした。嬉《うれ》しくないといったら嘘《うそ》になる。これで最後かもしれないという思いもどこかにあった。岬近くの水族館は昔来たことがあるはずなのに、記憶とはだいぶ違った。一花は遠足で来たことがあるが、そのときはゆっくり見られなかったと言って水槽をひとつひとつ丁寧に覗いていた。東京の近代的な水族館に比べたら相当しょぼかったが、イルカのショーは客席がいやに近くて迫力があり、二人とも水しぶきをかぶった。

水族館を出て、すぐそこの灯台まで二人で歩いた。屋台が出ていたので一花にフランクフルトを買ってやる。喪服のおれと制服姿の一花にテキ屋の若い男は「葬式帰り？」と屈託なく聞いた。

「わー、海見るの久しぶりー」

灯台の横の公園は絶壁の上にあり、空と海が広く見渡せた。空にはあいかわらず薄雲が広がっていたが、波間にほんのりと光を映している。風が強く、おれはだいぶ伸びた前髪を手でおさえた。

「ねー、下まで行ってみようよ」

一花は断崖《だんがい》の下へと続く階段を指した。ジグザグに連なっている階段の傾斜は急ではないがその分長そうだ。崖《がけ》の下は岩場になっており、そこを縫うように遊歩道が見えた。

「帰るの遅くなるからダメ」

「まだ大丈夫だよ」

止めるのも聞かず、彼女は階段を下りはじめる。仕方なくあとに続いたが、武藤から借りた靴が窮屈で少し足が痛くなっていた。一花は小走りで階段を下り、時折立ち止まっておれが続いてくるのを待った。その無防備な笑顔に吸い込まれるように彼女のあとを追った。やっと岩場までたどり着くと、一花は岩場の先端付近で両腕を上げ、伸びをしていた。

「気持ちいいね。おじさん」

「まあな。疲れたけどな」

「近くに住んでても、あんまし海って来ないんだ。あー海の匂《にお》い」

おれは遊歩道の柵《さく》にもたれて煙草《たばこ》をくわえた。いま下りてきた階段を帰りは上がるのかと思ったらうんざりした。

一花は両腕を真上から水平に移動させ、顎《あご》を上げて目をつむっていた。風で髪や制服のスカートがたなびく。飛んでいってしまいそうだ。まるで町に立つ風車みたいだ。煙草に火をつけるのも忘れて、おれはその姿に見惚《みと》れた。

別れがつらくて悲しいのは、一花ではなくおれの方だと気づかされた。こんなふうに一緒にいられるのは本当に最後なのだろう。その膨大な未来にある果てしない選択肢に、おれが含まれないのは当たり前のことだ。彼女は自分自身の友人を持ち、やがて自分自身で恋をする。自分の人生を誰からの強制も受けずに築いていく権利がある。

親戚《しんせき》のおじさんは懐《なつ》かしいだけの思い出となるだろう。おれは正直いって嫉妬《しっと》した。彼女の父親にはどうあがいてもなれない。もし美緒と再婚したとしても、父親はあの男一人だけだ。おれはこの子の未来には関われない。

一花はふとこちらを見、恥ずかしそうにスカートを押さえた。そしておれの隣へやって来る。

「パンツ見えなかったから安心しな」

「やらしー。サイテー」

「そろそろ帰ろうか。雲行きも怪しいし」

「あーあ、帰りたくないなあ」

一花は大袈裟《おおげさ》にため息をつく。

「ママ、なんか機嫌悪いんだもん。せっかくパパが帰ってきたのにさ」

「なんでそんなに喧嘩すんのさ、一花の親は」

「んー。今回はあたしが中学でバスケ部に入りたいって言ったからかな。バスケ部入ったらピアノやめたいって言ったのがまずかったかも」

人ごとのように一花は鼻を鳴らす。

「それでなんでパパとママが喧嘩なんだよ」

「あたしのやることなすことに、パパとママは反対のことを言うんだ。パパが賛成してママが反対する。パパが反対したらママが賛成する。離婚の原因だってそれだよ。あたしは北京の日本人学校に入ったってよかったんだけど、ママが日本を離れたくないって。で、外国でパパと二人で生活させるわけにはいかないって、ママとあたしが一緒に暮らすことになったの」

おれは唸《うな》った。当人同士にとっては大問題かもしれないが、子供の問題だけで離婚までするだろうか。

「だいたいママはうざいんだよ。あれはダメ、これはダメ、宿題しろ、ゲームするな、苺ちゃんとうまくやってるのとか」

「それは親なんだから当たり前だろう」

美緒は生真面目《きまじめ》だが、やたらめったら子供に当たり散らすとは思えない。

「それに、女の子がうざいとか言うな」

一花の顔がみるみる赤くなる。そのとき顔にぽつんと水滴が弾《はじ》けた。波がかかったのかと思って見上げると、どうやら雨が落ちてきたらしい。おれが気を取られている隙《すき》に一花はおれの上着のポケットに手を突っ込んだ。彼女の手におれの携帯が握られている。あ、と思ったときには、それは岩場に放り投げられていた。

「おい！」

どんなヒステリーなのか、一花は自分の携帯もそこへ放り込んだ。岩の間には海水が溜《た》まっており二台の携帯は見事にそこへはまっている。拾い上げようにも、つかまる場所も足場もないような所だ。

「これでGPSも使えないよね」

大人のような口をきいたと思ったら、一花は身を翻《ひるがえ》し階段の方に駆けていった。身軽に階段を上がっていく姿をおれは呆然《ぼうぜん》と見送った。事態をようやく飲み込んだおれは、重い体を引きずるようにして一花のあとを追った。足が痛んで途中から靴を脱いだ。靴擦れ部分は楽になったが、靴下だけでコンクリート製の階段を上ると今度は足の裏がつらかった。息が上がって途中で何度も立ち止まる。雨足もだんだん強まってきた。

公園の上までやっとの思いで辿《たど》り着いたが、一花の姿は見えなかった。灯台や公園の周辺も探してみたが見つからない。雨のせいで観光客は姿を消しており、近くの飲食店の従業員に制服の女の子を見かけなかったか聞いてみたが首を振られた。

おれは何度もスーツの内ポケットに手を入れたが、その度に舌打ちした。携帯はないのだ。一花も持っていない。公衆電話を見つけたが、おれの記憶には誰の電話番号もなかった。携帯中毒になっている若者を笑えない。おれは必死で実家の電話番号を思い出そうとした。おぼろげに覚えている番号にかけてみたが、誰も出ない。間違っているのか、母親が留守番電話にし忘れたままで、まだ出掛けているのかわからない。一〇四で実家の住所を告げてみたが、登録されていないと言われた。

土産物屋の軒先で、おれは座り込んだ。足が痛い。全身雨に濡《ぬ》れて震えるほど寒い。疲れで体も瞼《まぶた》も重い。けれどそんなことより一花の行方が心配だった。もう中学に上がる歳《とし》なのだから、バスにでも乗って先に帰ったかもしれない。それならどんなにいいだろう。それを今すぐ確認したかったが、おれだけタクシーを呼んで帰るわけにはいかない。一花はまだこのあたりのどこかに潜んでいるかもしれない。雨に濡れて寒い思いをして。

おれは立ち上がり、公衆電話でもう一度実家の番号を押してみた。さきほど長くコールしたせいなのかわからないが、すぐ留守番電話に切り替わった。おれは一花とはぐれたことと場所を告げ、とりあえず誰か車で来てくれないかと留守番電話に吹き込んだ。番号があっていることを祈った。

土産物屋でビニール傘を買い、もう一度歩いていける範囲の場所をまわり、名前を大きな声で呼んでみた。強風で傘はあっという間に壊れた。どうしてこんなことになってしまったのだろう。天ぷら屋から一人で帰ればこんなことにはならなかった。この子が望むからと言い訳し、自分の楽しみのために一花をまた連れ回した。朱夏のような事故が起こったらどうしよう。一花に何かあったら、おれは再び美緒を苦しめてしまう。

絶望的になって土産物屋の軒先に腰を下ろし、膝《ひざ》を抱えて頭を埋《うず》めた。携帯がないと時間もわからない。まだ完全に日が暮れたわけではないのだろうが、暗雲のせいであたりはまっくらだ。脳みそをしぼるようにして考えていると、武藤のことが頭に浮かんだ。彼の会社の名前は覚えている。会社名を告げて一〇四で番号を聞こう。名案を思いつき急いで立ち上がると、見覚えのある金髪でピアスをいくつもつけた男がおれの前を通り過ぎた。そいつは屋台をたたもうと作業をはじめる。

「ちょっと、兄ちゃん」

あん？　とヤンキー風な男はおれを見た。

「さっきおれと一緒にいた、制服の女の子見なかった？」

彼は髪からスーツ上下まで全身ぐっしょり濡れているおれを見て、何ごとかという表情になる。

「見たよ」

「え？」

「兄妹喧嘩《げんか》でもしたん？　その子雨の中とぼとぼ歩いてたから、傘貸してやったよ。貸したっていっても返してくれとは思ってないけど」

「で、どっち行った？」

「あっち」

　彼が指さした方向には水族館がある。さっきも行ってみたがもう閉館していたのであまりよく見なかった。おれは雨の中を走った。濡れた前髪が顔にはりついてうっとうしい。絶対明日切ってやると思いながら走った。

　水族館脇《わき》のベンチに、おれは一花を見つけた。おれと同じように濡れた髪をたらし、物憂《ものう》げに雨を見上げていた。「一花」と声をかけると、おびえた顔をした。

「ごめんなさい。おじさん」

「怒ってないから」

　おれは今にも逃げ出しそうな一花の隣に座る。

「ごめんなさい、ハルイチおじさん」

「二度も言わないでいいよ」

　細くて小さい肩におれは手をおいた。

「一花のせいじゃない。謝るのはおれの方だから」

寒さで一段と白くなった彼女の頬に水滴が伝った。目を真っ赤にはらしている。おれは上着を脱いで一花の頭からかぶせた。上着も相当濡れているので、これでは暖まらないかもしれないが。

「風邪ひくから、もう帰ろう」

そっぽを向いたまま、一花はおれの掌《て》を強く握った。隠し通そうと思っていたはずの気持ちを彼女は打ち明ける。

「ほんとは東京帰ってほしくないの。ずっとこっちにいてほしいの」

「わかってる」

「帰っちゃいや」

「わかってる」

一花はおれがスナフキンだから好きになってくれたのだろう。つなぎ止められない大人だから、本物以上に魅力的に感じたのだろう。それはそれで嬉《うれ》しいことだった。別れがつらくて悲しくても。だが一生スナフキンでいられる人間なんて、おとぎ話の中にしか存在しない。

彼女が借りた傘はまだ壊れていなかったので、実家の留守番電話に指定した、岬近くの温泉旅館まで歩いた。雨宿りを頼むと、年輩の従業員はいやな顔ひとつせず、ロビーのソファを勧めてくれお茶まで出してくれた。そのお茶を半分くらいすすったとき、車が一台猛スピードで駐車場に入ってくるのが見えた。美緒の軽自動車だ。先に助手席から一花の父親が出てくる。その姿を見てひやりとし、おれは反射的に逃げ場を探した。しかしそれも手遅れで、彼は大股《おおまた》でこちらに歩み寄り、おれを見下ろした。昼食の席で会った男と同一人物とは思えないほど、彼の全身が怒りで包まれていることがわかった。

とにかく謝ろうと思った瞬間、ソファに座っていたおれは襟元を乱暴につかまれ避ける間もなく拳《こぶし》で殴られた。バランスを崩し、おれは床に転がる。眼鏡がどこかへ飛んでいった。立ち上がろうと床に手をつくと、その手を足で払われた。そして頭を殴られる。腹を蹴《け》られないように身を縮めると、ふと攻撃がやんだ。

「大の大人がなにやってんだよ！」

旅館にいた人々が騒ぎで集まり、その中には美緒のうろたえた顔も見えた。

「おれの娘を勝手に連れ回すんじゃねえよ！　おまえみたいな人間に親の心配がわかるか。昔つきあってたんだか知らないが、美緒のまわりをちょろちょろすんな！」

大声で言って、彼は足下にあったおれの眼鏡を踏みつぶした。殴られた左頬をおさえてぽかんとしていたが、おれは何だか可笑《おか》しくなってきてしまい下を向いて笑いを堪《こら》えた。彼の姿に一瞬親父が重なった。そうだ、怒れ。父親なら娘に近づく男は皆殴り倒せ。

「なに笑ってんだよ！　このクズが！」

そしてもう二発おれは殴られた。一花が泣き叫びながら、父親の腕にすがってそれを止めようとしていた。

その夜、おれはまり江に電話をした。実家の電話機は幸い買い換えたばかりの新機種で、着信履歴を見ることができた。子機でまり江の携帯にかけてみると、十回コール後彼女は電話に出た。

「やっとかけてきやがったわね、駄目人間」

抑揚のない声でまり江は言った。そういえばおれを駄目男と罵《のの》ったのはまり江だった。交通事故を起こしたときに、彼女はその単語を連発していた。

「いま忙しい？」

「忙しいわよ。接客中なんだから。用事はなに？」

後ろに人々が騒ぐ声がする。どこか飲み屋だろうか。

「ええと、謝ろうと思って」

「悪いことをしたら謝る。これ常識。謝りなさい」

「ごめんなさい」

おれは自室の小さいライトの前で、受話器を握ったまま頭を下げた。

「この前はせっかく来てくれたのに、ろくに話もできなくて」

「いらっしゃいませー」

まり江は急に外向きの声を出す。

「いらっしゃいませって、なにやってんの？」

「バーのマスター」

おれは言葉を失った。

「だって、あんた昼間の仕事は？」

「やってるわよ。昼夜働いてくたくたよ」

「おれの代わりに店やってんの？」

「別に。私の店だし」

ぶっきらぼうに彼女は言う。

「もう切るわよ。お客さん待たせてるから」

「なあ、おれ、まり江に金借りてるじゃん？」

「ああそうねえ。とっとと返しなさいよね」

事故の賠償金の三分の二ほどは、まり江が用立ててくれている。親から渡された定期で、それをまるごと返せるが、そんなことを彼女が望むだろうか。そう思ったときに気が付いた。美緒へ買ったあの口紅。お金の出所を美緒は知っているわけで、だからあまり喜ばなかったのかもしれない。

「おれ今日さ、人にぼこぼこに殴られたんだよ」

「それがどうかした？」

「あの一花って子の父親でさ。もちろん痛かったんだけど、なんか可笑しくなっちゃって」

くくくとおれは思い出し笑いをする。

「なんだか知らないけど、うちで聞くわよ。さっさと帰ってきなさい」

おれが返事をする前に、まり江は乱暴に電話を切った。それさえも可笑しくて、おれはベッドに転がりにやにやした。見放されて優しくされるよりは、殴ってくれたり叱《しか》ってくれたりするほうがおれにはしっくりくる。あいかわらず駄目な男だな、とおれは天井に向かって呟《つぶや》いた。

この身ひとつでやって来て二ヶ月も地元にいなかったのに、荷物があまりにも増えていてびっくりした。眼鏡と携帯がないのはやはり困るので、母親に車を出してもらい成田の大型スーパーへ行った。安い眼鏡と新機種におされてただ同然になっていた携帯を買う。床屋へ行っている間に眼鏡は出来上がっていた。

母親はおれが東京に戻ると言っても、特に驚きも嘆きもしなかった。これからはちょくちょく帰って来るからと言うと、私もたまには東京へ遊びに行っていい？　と笑顔さえ見せた。

一花にはディズニーランドのパスポート券を数枚プレゼントした。顔を輝かせたあとで、誰と行くか迷う、と困った顔をしていた。

「ハルイチおじさん、連れてって」

おれが作ったナシゴレンを食べながら、一花は言う。

「おれはもう飽きたから、彼氏でも作ってそいつと行ったら？」

何か言い返してくるかと思ったら、彼女は黙ってスプーンを動かしている。当てがあるのだろうか。聞いてみたかったが、ぐっと我慢した。そしてもう一花は帰らないでとは言わなかった。その代わり今度はいつ来るのとしつこく尋ねてくる。おれは

「わかんねえよ」と答えた。わからないものはわからない。

荷物を宅配便で送り、昼前の特急に乗ろうと準備していると、家に美緒が現れた。郵便局の制服を着ているので、何か理由をつけて抜け出してきたのだろう。

「ハル、駅まで見送りさせて」

母親は普通に仕事に出掛け、もう家にいなかった。そうしてくれとおれが頼んだからだ。

「一人で大丈夫。というか一人がいいな、おれ」

美緒は明らかに落胆した様子だ。

「見送られたりしたら、今生の別れみたいじゃん」

「そんなつもりじゃなくて」

「わかってるって。おれ、美緒と再会できてめっちゃ嬉しかった。会わないでおけばよかったとか思ったりもしたけど、やっぱり大人になった美緒に会えてよかった」

彼女は唇をかんで頷《うなず》く。そして首を傾《かし》げて耳をさわるしぐさをした。美緒も迷っているのだ。おれを捕まえたい気持ちと、自分が捕まりたくない気持ち。その狭間《はざま》で揺れ動いている。今結論を出す必要はない。いつか物事は勝手に好きなところへ収まってゆく。

「バスで駅まで行くから。美緒は仕事戻りなよ」

「また来る？」

「かあちゃん居るんだし、パパには殺されるかもしれないけど一花にも会いたいし。そら来るよ。この町にはおれのいとこも居るんだしね」

美緒はかすかに微笑《ほほえ》んで、自分の車に乗り込んだ。それを見送っておれは身の回りの物を入れたバッグを担《かつ》ぐ。

バス停にはあいかわらずおれ一人しか立っていなかった。色のついていない眼鏡で空を見上げると、こんなに青いものかとしみじみ思った。遥《はる》か遠くにコンビニと風車の頭が見えている。世界は透明でそのものの色が迫ってくる様子は慣れなくてやや心《こころ》許《もと》ない。そしていつものごとく時刻表通りにバスは来なかった。十分待っても二十分待っても一台もバスは姿を現さない。

おれは携帯を取り出し、耳に当てた。何度目かのコールで相手が出る。武藤が「またおまえかよ」といやな声を出した。

# ネロリ

今年も四月がやってきた。東京の四月はいつからか、晴天の空さえそう青くはない。桜の開花は子供の頃の記憶よりもずっと早く、花びらは桜色というよりは白に近い。うすぼんやりした日差しの、東京の春。

けれど、あの子の誕生日を迎えるこの月は、私にとっては特別な月だ。特別に感慨深く、特別に安堵《あんど》する。気の抜けない冬がじりじりと後ずさりし、菜種梅雨を通り抜けると、やっと四月がやってくる。あの子は産まれたとき、大人にはなれないかもしれないと医者に言われた。その不吉な予言通り、小さなあの子はことあるごとに高熱をだし、生死の境をさまよっては戻ってきた。休みがちではあったが幼稚園を卒園し、小学校へ入学した。あの子はだんだんと熱を出さなくなった。それでもちょっと油断すると、あの子は息を切らし、顔から血の色をなくして倒れた。体育の授業にはほとんど参加できず、給食は皆と同じものが食べられなかった。あの子はどれだけ我慢しただろう。だから、中学校、高校と入学式を重ねるたびに私は胸がいっぱいになり、そのつど泣いて呆《あき》れられた。さすがにもう春の訪れに涙することはないけれど、この季節は今でも胸がじんとくる。当の本人はひどい花粉症で、ティッシュの箱を抱え家にこもり気味だし、自分の誕生日などにそう感慨は抱いていないようだけれど。

四月の二週目の月曜日。いつもの時間の地下鉄は、いつもより少し混んでいるように感じた。勤め人たちは真冬の分厚いコートを脱いでいて、その分電車はすいているはずだが、隙間《すきま》を埋めるかのように一目で社会人一年生とわかる若者があちらこちら目についた。彼らの存在感の大きさは通勤電車を華やかに飾り立てている。けれど、五月の連休が明ける頃には、彼らも群衆の中に紛れる術《すべ》を覚えるのだろう。それももう毎年のことだ。

つり革につかまり、私は目の前のシートに座っている会社員を眺めた。ずいぶん若い男性だけれど、新人というのでもない。スーツも革靴もそれなりにこなれている。携帯電話をいじりながら貧乏ゆすりをしていた。携帯を閉じると、今度は音楽プレイヤーを取り出してイヤホンを耳に入れ、目をつむってつま先で小さくリズムをとりはじめた。そのしぐさも見下ろすつむじのあたりも子供のようで、私は内心微笑《ほほえ》んだ。そうだ、あの子の誕生日のプレゼントにあれはどうだろう。それとも隣の男性がさっきから瞬《まばた》きもしない勢いでのめりこんでいるゲーム機はどうだ。いいプレゼントを思いついて、地下鉄の窓に映った自分の顔が笑っていることに気がついた。慌《あわ》てて顔をひきしめる。

何でも買っていいと言っているのに、あの子は私が買い与えなければ自分のものをほとんど買わない。パソコンも本も、服も靴も下着でさえも。

会社に着いて、一階にあるスタンドで甘い紅茶を買うと、私は裏口に回って守衛さんから鍵《かぎ》を受け取った。大量の真新しい新聞を抱えエレベーターに乗る。

うちの会社は自社ビルだが、ワンフロアはお世辞にも広いとは言えない鉛筆みたいなビルだ。それでも都心にあるということで、数年前から一階をスタンドコーヒー店に貸している。賛否両論あったようだが、社長の決断では仕方がないと反対していた古い社員はあきらめた。しかしほとんどの社員は、簡単な打ち合わせ場所として、淹《い》れたてのコーヒーが安価で飲める小洒落《こじゃれ》た店を歓迎しているようだ。そこにはかつて、広くはなくても磨き上げられた大理石の床と受付カウンターがあり、落ち着いた応接セットが配置してあった。私はかつてそこで、抹茶や玉露や番茶など、季節や時間やそのお客様にあったお茶を淹れていた。現在受付は二階の販売部の片隅に設けられ、仕事自体も派遣の女性に任せている。

最上階にある自分のデスクにつくと、まず私は社長と自分の分のメールチェックをする。紅茶をすすりながら、返信の優先順位をざっと三段階にわけ、最優先のメールには拝読したこと、午後に再度返信する旨《むね》を書いて返信した。それで約二十分。社長に目を通してもらう必要があるメールを大きなフォントに変換してプリントアウトする。紅茶の紙コップを捨てようと立ち上がると、入り口からこちらを覗《のぞ》き込んでいる女の子に気がついた。

「おはようございます」

リクルートスーツのスカートから出た足がひょろりと長く、小さい顔に不釣り合いなくらい両目が大きかった。子鹿《こじか》ちゃん、と私は思ったが、名字がとっさに出てこなかった。最近ほんとうに物忘れが激しい。

「おはようございます。ええと」

彼女は名乗って頭を下げた。今日から楢崎《ならさき》さんのところへ行きなさいと言われてきましたとハキハキ言う。

「そうでしたね。よろしくお願いします。ずいぶん早いのね」

「緊張して早く来ちゃいました」

今年、うちの会社は新卒の新入社員を三名採用した。十年ぶりのことだ。業績が上がっているわけでもないし、世の中の景気がよくなっているとも思えないが、何かしら社長の考えあってのことなのだろう。男性二名、女性一名のうち、この女性だけが社長の遠い親族にあたる。コネではあるが、昔と違ってちゃんと試験も面接も受けた。大学時代にコンピュータソフト開発の会社でアルバイトをしていて、そのまま正社員になる話もあったそうだが、正社員のあまりの激務ぶりに恐れをなしたらしいと社長は笑い話のように言っていた。あとの男性二人は最初から出版社希望で入社した。三月からすでに研修期間がはじまり、三人ともそれぞれ数週間ずつ各部署を回ってから配属が決まる。

「きのうまでは倉庫のほうに行っていたんでしたっけ」

「そうです。二週間。手ががさがさになりました。出版社でもあんな力仕事があるんですね」

「どの部署でも結構いろいろ力仕事よ」

彼女は神妙な顔で頷《うなず》くと、私の顔をじっと見つめた。何をそんなに見ているんだろうと困惑しはじめたとき、指示を待っているのだと気がついた。

「もう少ししたら一段落するから、ゆっくりしていてください」

新聞をもって社長室に行こうとすると呼び止められた。

「あの、何かさせてください」

そうよね、と私は呟《つぶや》いた。

「あなたにやってほしいと思ってたことがあるんだけど、早速やりますか」

笑顔で返事をした彼女に、私はデスクから取り出した通信講座のテキストを一冊渡した。受け取った彼女は真新しいその表紙を不思議そうに見ている。

「ペン習字ですか」

「ぼちぼちでいいですからね」

すとんと椅子《いす》に座り、彼女はテキストの最初のページをめくった。その背中に不満と不安の色がみてとれたが、自分の仕事を人に分け与えるのは苦手だった。自分の仕事は自分でやってしまうのが一番早い。申し訳ないけれど、私は早く帰りたくて早く会社に来ているのだ。それに、と私は思った。彼女の書く文字はひどすぎる。あんな丸文字では宛名《あてな》書きも頼めない。


一日の仕事を終えて家に帰るのは、だいたい六時半だ。もっと早く戻るときもあるし、ときには日付が変わる頃になってしまうこともある。けれど、特別な用事がない限り、私はどこへも寄り道せずにまっすぐ家に戻る。

夕食はたいていあの子——日出男——が作ってくれている。といっても彼は先に食べてしまうので、私は日出男に給仕してもらって、小さな食卓で一人食事をする。日出男は椅子の上で膝《ひざ》をかかえ、ぼんやりと私を見ている。「おいしい」と言うと、にっこり笑う。少し鼻からずり落ちた眼鏡の向こうの泣き笑いみたいな笑顔。

「そうだ、誕生日のプレゼントなんだけど、何か欲しいものはある?」

小首をかしげて彼はこちらを見ている。洟《はな》のかみすぎで赤くなった唇の上。ちらほら貧弱な無精ヒゲ。彼は一人で黙って過ごしていることが多いので、会話のエンジンがすぐにかからない。人はそれを愚図と言ったり思慮深いと言ったり様々だった。でも今となっては、彼の外見や癖や生活態度を評する人間は極端に少ない。

「そうだなあ。急には思いつかないかな」

国際電話でもこんなタイムラグは起こらないだろうという長い時間差のあと、彼は答えた。妙に明るい笑顔をこぼしながら。

誕生日は毎年決まった日にやってくるのだから、全然急ではない。毎年プレゼントをもらっていても、今年ももらえるという発想が日出男にはないのかもしれない。

「iPod はどう?　あなた、昔のCDウォークマンまだ使ってるでしょう。それとも何かゲーム機がいいかな」

食卓の電灯の下で、彼は再び考える顔をした。いま家の中で電気が点《つ》いているのはここだけだ。スポットライトというにはあまりにも頼りない光の中で、彼は考える人となった。慣れている私はご飯を食べすすんだ。烏賊《いか》と茄子《なす》のオイスター炒《いた》め、里芋の味噌《みそ》ごま和《あ》え、塩気の少ないすまし汁。

「いいかもね、それ。iPod」とうつむき加減の笑顔のまま日出男は頷いた。

「一緒に買いに行く？　いろんなのあるみたいだし」

「んー、志保子ちゃん買ってきてよ。どんなのでも何色でもいいからさ」

今度は返事が早かった。うん、と呟いて私は箸《はし》の先を軽くかじった。彼は私とあまり出かけたがらない。私が心配しすぎるのが負担なのだろうし、私と出かけるとつい彼も無理して楽しもうとしてしまい、あとで体調を崩すのを心配しているのかもしれない。

「今日はどんな日だった？」

しばらく黙ったあと、三日前のことを思い出すような顔つきで彼は答えた。

「特になにも。図書館も休みだし、花粉飛んでるし、うちにいて本読んだりネットしたり。志保子ちゃんのほうは？」

「新しい女の子が入ってきたよ。まだ二十二歳だって。子鹿ちゃんみたいな子。それから印刷所の営業の人たちが社長に挨拶《あいさつ》にきて、総務の女の子たちにお菓子配ってた」

「ふうん」

「日出男、明日は？」

「明日は斉藤先生のところ」

「そうか。定期検診ね」

「心配ないよ。ここんとこ花粉以外は調子いいし」

やっとエンジンがかかってきた様子の日出男は、そこでゆらりと立ち上がる。私が食べ終えた食器を重ねて持って流しに運んで行き、食事の最初に淹れてあっていい具合に冷めた番茶を急須《きゅうす》ごと持ってきた。私の湯飲みにだけ注いで、こちらに背中を向けて食器を洗いはじめる。何年も着ているくすんだ緑色のセーターの袖《そで》に、水滴が飛んで光っているのが見えた。

「肌寒いね。ちょっとストーブ点けようか」

聞こえなかったのか、しばらく待っても返事はなかった。私は古びたアラジンのストーブにマッチで火を点けた。青い炎がまあるく広がっていくのを私はしゃがんで眺める。

いつだって私たちはこうして静かな夜を過ごす。大切に大切に過ごす。天井のオレンジ色の電灯と、足下の石油ストーブの青い炎に照らされて。こうばしいお茶の匂《にお》いがする台所。

志保子ちゃん、もうすぐお風呂《ふろ》わくよ、と背中を向けたままあの子は言った。

処方箋《しょほうせん》薬局のソファで、ヒデちゃんは派手にくしゃみをしていた。しきりにジャケットのポケットを探っている。ハンカチもティッシュも見つからないようだ。あたしが買ったばかりの「鼻セレブ」を差し出すと、彼は肩をびくつかせた。

「あーなんだー、ココアちゃんか」

ヒデちゃんの顔がえへらとゆるむ。あたしの年上のボーイフレンドは、子供みたいに笑う。

「ほら、かみなって。たれてるたれてる」

洟を慌《あわ》ててすすりあげながらポケットティッシュの開け口がわからずもたくたしている彼を、あたしは珍しいものを見るようにして眺めた。鼻紙を取り上げ、チーンしてと言ってかんであげたいこの狂おしい欲求。ヒデちゃんに出会うまで、人を世話したいと感じたことは一度もなかった。子供も動物も好きじゃない。母性本能なんて聞くもおぞましい単語だった。いや、もしかして、これこそが真の性欲だったりして。

「久しぶりだね、ココアちゃん」

「まあね。ちょっと実家帰ってたの」

「ほう。親孝行」

「そんなんじゃないけど」

　楢崎さん、楢崎日出男さん、と薬局のカウンターで化粧の濃い薬剤師がヒデちゃんの名前を呼んだ。心なしか嬉《うれ》しそうに彼は立ち上がる。洟をかんだティッシュをまるめてジャケットにつっこみながら歩いていく、彼の背中をあたしは見ていた。

　産まれたときから体が弱かったヒデちゃんは、三十九年間一回も働いたことがないそうだ。高校を出てからずっと家にいて、社会とのかかわりは主に病院にいる時に限られるという。買い物にいくスーパーでも、本を借りる図書館でも、近所の人とゴミステーションで出くわしても、ヒデちゃんは最低限の言葉と愛想で切りぬける。何故《なぜ》なら三十九歳無職という肩書きから、人は隙《すき》あらば「気味が悪い」というレッテルを貼《は》りたがるものだと彼はうすら笑いで言っていた。

　そんなヒデちゃんをあたしは卑屈だとは感じなかった。むしろよくわかってらっしゃる。だってあたしも最初は大丈夫だろうかと思った。三十九歳無職に加えて、いい歳《とし》の独身の姉と弟がふたりきりで寄り添って暮らしているなんてちょっとキモい、なんかあるんじゃないの、なんかってなにかわかんないけどさって思ったもん。

今日のヒデちゃんの服装は、かなりこざっぱりしている部類に入るだろう。アイロンを当てた白いシャツに毛玉のないカーディガン、袖口のほつれていないツィードのジャケット。無精ヒゲは剃《そ》ってあるし、髪も梳《と》かしてきたようだ。しかし、きちんとすればするほどヒデちゃんからは昭和の匂いが漂ってしまっていた。顔の造作は整っているのにどうしてだろう。ネズミ色のスラックスも安っぽい黒いベルトも一足しか持っていない革靴も、時代がかってナフタリン臭い。

そのおめかしぶりは、月に一度社会に出るときのための身だしなみなのか、看護師さんや薬局のおねえさんと話をする貴重な女性との接点のためのものなのか。あたしとこうして外で待ち合わせするためではないことはわかっている。初対面のとき、やはり彼は家の近所では決してしない時代錯誤のきちんとした格好をしていたから。

おんなのひとは好きだよ、でもただそれだけなんだ。

恋人をつくったり結婚したりしたいと思ったことはないの、というあたしのキツイ質問に、ヒデちゃんはやはり薄く笑ってそう答えたっけ。

あたしは恋愛と洋服くらいにしか興味のない小娘だから、ヒデちゃんの絶望ぶりを知って、比喩《ひゆ》じゃなくて頭をかきむしった。それじゃあ生きていけないでしょうって。つらいのはヒデちゃんなのに彼の胸ぐらをつかんでゆすった。泣きたいのはヒデちゃんのはずなのに、泣いているのはあたしだった。

出会ったばかりの頃、あたしはそうやって泣いてばかりいたように思う。勝手に可哀相がって、一緒にできないことがいっぱいあることが歯がゆくて。でもそんな嵐《あらし》もすぐにやんだ。嵐は飲み込まざるをえなかった。ヒデちゃんにかかわりたかったら、彼のストレスになってはいけないのだ。あたしが泣くと決まってヒデちゃんの具合が芳《かんば》しくなくなることを知った。ヒデちゃんは生き延びるために、食事制限や規則正しい生活を気が狂いそうなほど綿密に送り、免疫力《めんえきりょく》をこれ以上下げないために無用なストレスになる思考すらも放棄していた。

支払いを終えたヒデちゃんが薬の袋を下げて戻ってきた。頬が乾燥のためか、かすかに白く粉をふいたようになっている。油っけの抜けきったあたしのスイートハート。

「お昼食べいくか？」

「うん」

体調が悪くなければ、ヒデちゃんは定期検診のあと、あたしとランチをしてくれる。月に一度きりのヒデちゃんとの外食。そこが病院の食堂でも、あたしは嬉しくてはしゃいでしまう。数年前に新しくなったという食堂は、あたしが通っている専門学校のカフェテリアとそう変わらないくらいきれいで清潔だ。病院の最上階にあるので見晴らしもいい。ヒデちゃんは焼き魚定食、あたしはハンバーグ定食を頼んだ。

「検査はどうだった？」

ヒデちゃんは今ずいぶん症状が安定しているそうだが、月に一度は血液検査を受けている。異常があればすぐに呼び出しがかかるので、彼が平然としているということは結果もよかったということだ。そういうことを知っていながらあたしはヒデちゃんに尋ねた。

「うん。尿酸値がちょっと高かったけど、心配しなくてもいいって」

「そっか。今日、ヒデちゃんとこ泊まってもいい？」

「別にいいけど、彼氏にまた殴られない？」

「心配しなくてもいいです」

意地悪そうにヒデちゃんが片頬で笑う。

「心配しすぎるのはよろしくない。だましだましやっていこう。主治医の口癖だ。コアちゃんの彼氏も病気の域か」

あたしは返事をせずにおしんこを音をたてて奥歯で噛《か》んだ。ヒデちゃんも肩をすくめて食事に戻る。仏様のように悟りきっているように見えて、ヒデちゃんはときおりひどい意地悪を言う。でもあたしは怒ったりはしない。優しいだけでは生きている人って感じがしないから。ヒデちゃんの人間臭さはたまにしか感じることがないから。

「薬局の女の人とずいぶん長くしゃべってたね。あのマスカラばしばしの人」

それでも面白くなくて、あたしはからんでみる。

「あー、うん、可愛《かわい》い顔してるよね、あの人」

「タイプ？」

「こっちがタイプだと思っても何にもならないよ。実際に洟たらしてる僕にティッシュくれたりするのはココアちゃんなんだしさ。しょうがないよ」

「しょうがないって言ったな。こんなぴちぴちの女子に」

「まあまあ。きみはきみで色っぽいよ。もうちょっと脂肪がついたほうがいいから、これも食べなさい」

定食についていた小さい杏仁豆腐《アンニンドウフ》をヒデちゃんはくれた。味噌汁もおしんこも手をつけておらず、ご飯もきっちり半分残してあった。

ヒデちゃんは口だけ好色なおじいちゃんみたいだ。ぎらぎらされても困るんだけど、されなくてもなんだか悲しい感じがする。

五月の連休明けに毎年行われる創立記念日の式典は前年度の社長賞の授与も兼ねている。今年はそれに新入社員の入社式も加わって、例年より華やかなものとなった。社員六十数名が一堂に会するスペースが自社ビルにはないので、毎年地域の公共ホールを借りているのだが、今年は副都心のホテルの宴会場を借りて行うことになった。社長の新年度の挨拶を聞く社員たちの顔も、こころなしか晴れやかに見える。いつもはただ社長の訓辞を聞いて終わるだけの行事だが、今年はささやかながら立食形式のパーティーになっている。私は壇上の社長がこちらを見たとき、スピーチの時間がオーバーしていることを腕時計を指して伝えた。

経営者として、人の上にたつ人間として、非の打ち所のない人物だと思うが、最近歳をとってきたせいかご機嫌なときほど話が長くなってきたかもしれない。むっつりしているようで話術に長《た》けているのは実は息子の方だ。

昨年度の売り上げに貢献した編集と営業の各一名の名前が呼ばれ、私は社長に目録を渡した。社長が満面笑顔で彼らにそれを手渡す。続いて新人三名を前に立たせ、会社の未来について語った。

恒例行事。もう何度、私はこうして社長の傍らに立っているだろう。

宴会場はそう広くはないが、足下まである大きなガラス窓から広がるビル群が見下ろせた。西日が差し込んであたたかい。とろりと眠気がおそってくる。立ったまま気が遠くなりそうになったとき、社員たちの拍手の音ではっと目をあけた。

うちの出版社は今年で設立四十五周年を迎え、主軸の健康雑誌のほか、雑誌を数冊、自己啓発本、ビジネス書やエッセイなどを出している。健康雑誌は業界内では老舗《しにせ》の部類に入るし、他の雑誌もそこそこ黒字だ。単行本はさほど売れないが、二年に一度くらいはベストセラーと呼べるものも出ていて、大手ほどではないにしても、社員達は中堅出版社としてはふさわしい給料を貰《もら》っている。本業以外に投資資産もなく、地味だが堅実な会社だ。私はここに高卒で入社して、最初は受付をやっていた。その後秘書室に移り、今は秘書室も庶務も全部総務に統合されたので、今の私の肩書きは総務部総務課長代理であるが、実情は社長付きの秘書だ。編集に携わったことは一度もない。

会社は典型的な同族会社で、取締役は全部社長の身内で占められている。社員の半分以上はコネで、面接のみで入社していた。私もその一人だ。そういう事情で、会社はとても家族的な雰囲気がある。そのなあなあな雰囲気を嫌う社員も大勢いた。新しい企画は通りにくく、排他的ともいえるほど新規の取引先をつっぱねてきた。

そんな会社が大きく変わってきたのは、社長の長男が入社してきた五年前からだ。彼は外資系金融会社に勤めていて次期社長の線はないものと思われていたが、かといって最初から会社にいた次男のほうは経営者になるには小粒すぎるのではないかと囁《ささや》かれていた。社長が高齢になって成人病をいくつか患《わずら》うようになると、社員たちの間にもなんとなく先行きが見えないような重苦しい空気がたちこめてきていた。大手に会社ごと買われるのではないかとどこからか噂《うわさ》が流れはじめたとき、長男の入社が決まったのだ。

彼は当たり前のように副社長の地位につき、出入りの印刷会社や製本会社を一新した。もちろん社内外から猛反発があったが、一年もたつと、無駄が省かれ利益が上がっていることを誰しもが認めないわけにはいかなかった。そして五年、社員たちは最初の反発をもう忘れている。経営手腕は社長よりも、新しい時代を知る長男のほうが上なのではないかという意見が多くなってきていた。

私はそんな中で、ただ黙っていた。意見を求められることもないではなかったが、私はしなくてはならない仕事を黙ってしていた。社長派と長男派に社員が分かれていくのを見ると胸が痛んだ。もし言えることがあるとするなら、会社はあなたたちのものじゃない、会社は社長のものだとしか言いようがない。

「楢崎くん。食べたらどうだい」

オードブルをのせた皿を持ったままぼんやりしていたら、社長に声をかけられた。

「あ、何かお持ちしましょうか。お飲物は？」

社長が手ぶらだったので、私は自分の皿を置いてカクテルを配っているウェイターを探した。

「人の話を聞いてないね。それ持ってずっと立ってるから、どうしたのかと思ったんだよ」

「あら、そうでした？」

よく手入れされた髭《ひげ》をさわって、社長は快活に笑った。タキシードを着ているのは会場で社長だけだ。そして上等なタキシードを着慣れている人というのも今時は珍しいのだろう。向こうで人々に囲まれている長男は、ホテルの支配人と見紛うようなブラックスーツを着ている。

「今日は早く帰らないとまずいかい」

「いいえ。どこか寄られるのでしたらお供しますけど」

「うん、ちょっと話がね」

「私にですか。いつでも仰《おっしゃ》ってくださっていいのに」

「まあちょっと、人のいないところがいい」

社長にしては珍しく言いよどむ。

「ではお車を手配します。食事に行かれますか」

「そうだね、寿司《すし》でもつまもうか」

誰かが社長に話しかけたタイミングで私は会場を出た。彼くらいの歳になると、もう立ち寄る店は完全に決まっていた。数軒の同じ店を愛《いと》おしむように順繰りにまわる。寿司といったらもうそれは銀座のあそこと決まっているので私は席を予約した。社用車はとっくに手放してしまっているので、ハイヤーを頼む。最後に私は日出男に遅くなる旨《むね》のメールを打った。返信がくるまで携帯を持ったままじっと待つ。了解、と書いただけの返信が届くとやっと安心して私は会場に戻った。


私が社長の愛人なのではないかと、一部の社員たちに疑《うたぐ》られていることはずいぶん前から知っている。面と向かって尋ねられたら、「まったく違うし、社長に対して失礼だ」とはっきり言うつもりでいるのだが、誰も私にそうは尋ねてこない。たぶんそれは愛人という即物的な単語が私にうまく当てはまらないからなのかもしれない。社長と秘書というだけにはおさまらない空気を二人の間に感じるが、生々しいことは想像したくないし、想像するのも気持ちが悪い。ただ、楢崎志保子は社長に何らかの便宜を図ってもらっているのは確かだろう。そんなことをみんなは思っているのではないだろうか。

社長が蔑視《べっし》されるのは我慢ならないが、私自身は人にどう思われようと構わなかった。それに実際、私は社長の厚意によってどれだけ助かってきたかわからない。十八で一家の大黒柱として働く必要があった私を雇い入れ仕事をくれた。家庭の事情を察して、長い休暇も快くくれた。

長年通っている小さな銀座のクラブで、ママと歓談する社長の横顔を私は見ていた。話があると言っていたのに、社長はなかなか切り出そうとはしない。寿司屋ではカウンターで板前とずっと話していた。人がいないところで話したいということは、プライベートなことだろうか。先月行った人間ドックの結果が思わしくなかったのだろうか、と考えついて、私は不安になった。それとも長男のことだろうか。派閥が分かれているようだが、社長と長男の間に争い事はないように私は感じていた。長男は何も社長のやり方を否定しているわけではない。私が見ている限りでは、ちゃんと取締役会で話し合われたことが実行されていると思う。

「ほら、またお茶がさめてしまうよ」

社長に言われて私は顔を上げる。着物姿のママが「淹《い》れなおしてきましょうね」と立ち上がった。

「すみません、今日はずっとぼんやりし通しで」

私はお酒を飲まないので、社長のお供のときでもお茶を頼む。その場の空気を壊さない限り、冷たいものではなくて温かいお茶を頼むようにしている。社長の接待に長年同席して思うのは、みんな冷たいものを飲み過ぎるということだ。無用に冷たいものを飲むと、体が冷えていいことは起こらない。簡単なことなのに何故《なぜ》人はわからないのだろう。

社長と私の前に、ママが最近凝っているというハーブティーが置かれた。とろりと甘いいい香りがした。ママは「ごゆっくり」と言い置いて席を外す。

「最近、弟さんはどうだね」

問われて私は微笑《ほほえ》んだ。社長は常に日出男のことを気にかけてくれている。

「安定しています。花粉症がひどいくらいで、特に心配なことはありません」

「そうかそうか。それは何よりだ。お母さんが亡《な》くなったあとは、僕も気が気じゃなかったけど、ずいぶん元気になったんだなあ。最近、あなたの顔色もいいからね。心配事が減ってるってことだね」

古びた店の照明の下で、タキシードから着慣れたジャケットに着替えた社長が目を細めている。寿司屋でだいぶ熱燗《あつかん》を飲んでいたので、酔い覚めの疲れが顔色を悪くみせていた。ああ、この方も歳《とし》をとったなと感じた。

「いつも弟を心配してくださって、ありがとうございます」

「いや、弟さんもそりゃ心配だけど、僕はあなたが幸せそうにしてるかどうかが一番気がかりだよ。あなただけじゃない、かわいい社員たち全員のことが気がかりだ」

「はい」

「言いにくいことだが、言わなくちゃならないことがある。信好《のぶよし》より先に僕が言わなくてはならないと思う」

信好というのは副社長である長男の名前だ。

社長はそこから先をなかなか切り出さなかった。長い沈黙のなか、はす向かいに座った社長と私はお茶を静かに口に含んだ。もう私は何を言われるのか漠然と察しがついていた。

「すまない。依願退職して頂けないか。僕は引退を考えている」

私はパンプスの爪先《つまさき》を見つめる。この靴も社長に買ってもらったものだ。

「血圧が下がらない。あちこちぼろぼろだ。僕は歳をとった。息子にバトンタッチだ」

　わかっていたことを言われたのに、みぞおちのあたりが鈍く痛むようだった。社長は左手をこちらにのばし、静かに私のそろえた両手の上に置いた。四月の頭に総務部長に指示されて作った、早期退職者を募る書類を思い出した。

「今年の十二月にちょうど五十歳になります。ですから年内まで勤めさせて頂いてよろしいでしょうか」

　すまない、と社長は再び呟《つぶや》いた。謝る必要なんかないんです、長い間私のようなわがままな社員をつかってくださり感謝しています、そんなふうに言葉にしようと思ったのに、喉《のど》が詰まったようになってうまく言葉が出なかった。


「えー、おねえさんがリストラ？」

「リストラとはちょっと違う。早期退職制度。今なら退職金三割増しで円満に辞められます」

　あたしの乱暴な台詞《せりふ》をヒデちゃんは訂正した。

「辞めたくないって言ったら？」

「辞めさせやしないだろ。でも頼りの社長が引退したら、居づらいポジションに移されて、新人に無能扱いされる」

「そこまで言う？　実の姉なのに」

「誰にだって社会は容赦ないよ」

ヒデちゃんの部屋でオセロの丸い駒《こま》を白から黒にひっくり返しながら彼は言った。偉そうに言うけどヒデちゃんだって働いたことないくせに。それとも大人になると、働いてなくてもいつの間にか社会の仕組みがわかるようになるのかな。

オセロのゲーム盤は、もう角がふたつヒデちゃんに取られていた。驚くべきことに、あたしと知り合うまでヒデちゃんはオセロをしたことが一度もなかった。あたしが実家にあった古いやつを持ってきたら喜んでくれて、そして三ヶ月もたたないうちに、あたしはヒデちゃんにまったく敵《かな》わなくなってしまった。

「退職金っていくら貰えるの？」

「さあ。そこそこ貰えるんじゃない？　ココアちゃんの番だよ」

「じゃあ、ここ」

「そこじゃまた角を取られるよ。ここにしたほうがマシ」

もう、そんなら一人でやればいいじゃん、という台詞を飲みこんで、白い駒をあたしは置いた。今度はヒデちゃんが考えに入る。きっと先の先のずーっと先の手まで考えてるのだろう。

「そこそこって、具体的にどのくらい？」

「んー……一千万ちょっとじゃないの。わかんないけど」

一千万円。ヒデちゃんがさらりと口にした金額についてちょっと考えてみた。あたしが今もらったらあれもこれも買えちゃうウハウハな大金だけれど、ヒデちゃんとおねえさんがこれから一生暮らしていくお金としてはどうなのだろう。おねえさんは確か三十年くらいその会社に勤めていたのだと思う。なんとなく、そんなに長く会社にいたら辞めるときに一億円くらいもらえるのかと思っていた。会社の仕組みも社会の仕組みも、あたしにはまだ全然わからない。

「ねえ、おねえさんが働かなくなったら、ヒデちゃんたち暮らしていけるの？」

背中を丸めたまま、上目遣いに彼はあたしを見た。

「さあ？」

「さあ？　ってあたしに聞かないで？」

「半疑問形？」

「まじで聞いてんのに？」

ヒデちゃんは笑ってあたしの髪を乱暴にくしゃくしゃ搔《か》いた。床に広げたゲーム盤をそのままにしてベッドに上がる。眼鏡を外して枕元《まくらもと》に置いた。

「オセロは？」

「もう僕の勝ち。どうやっても勝ち」

勝利宣言にしては言葉に力がない。枕の上のヒデちゃんの顔はだいぶ疲れているようだった。無理させてしまったかも。

「眠れそう？」

「うん」

頭を抱き寄せられたので、あたしは体を小さく丸めて彼の脇《わき》の下にすっぽり入った。乾いた体臭がする。布団《ふとん》からも、いつも着ているスウェットからも。

寝息が深くなってくるのを待って、ヒデちゃんの腕から抜け出した。毛布をかけなおして、天井の電気を常夜灯にした。かがんでヒデちゃんの眠る横顔を見つめる。閉じた睫毛《まつげ》がとても長く幼く見える。伸びた前髪にふれるとさらさらしていた。

ときおり、ヒデちゃんは軽い仕事を選べば働けるんじゃないかと思うことがある。そのくらい普通に生活しているように感じる。でもこうして急にぐったりしてしまうのを見るとやっぱり無理なんだ、と痛感してしまうのだ。あたしの社会経験なんてファミレスのウェイトレスくらいしかないけど、それだって仕事ができるかできないかより、時間どおりに必ず行くことがまず大前提だった。遅刻ばかりしていたあたしは、すぐにクビになった。

時計を見ると夜中の二時半だった。早めに寝たヒデちゃんが変な時間に目をさましてしまい、あたしがそれにつきあってオセロをしていたのだ。中途半端《はんぱ》な時間だ。なんだかもう眠れそうになかったけれど、こんな時間に他人の家で、具合悪そうに眠っている人がいるのに深夜テレビをみるわけにもいかない。今から帰るにはタクシー代がない。始発で帰るにしても何をしていようか。

おなかが空《す》いてきたような気がしたので、あたしはヒデちゃんの部屋を出た。向かいの和室がテレビの置いてある部屋で（仏壇があるのであんまりあたしはそこが好きじゃない）、奥に台所と風呂場《ふろば》がある。台所の脇に急な階段があって、そこから二階に上がれる。二階はおねえさんの部屋だが、あたしはそこへ上がってみたことはない。

品川区の住宅地にある、笑っちゃうくらい小さい小さい家だ。左右にも後ろにも同じような家がみっちり建っているので、和室の正面以外は窓をあけても壁だの塀だのしか見えない。ヒデちゃんとおねえさんは、ずっとこの古い家に住んでいるそうだ。

それにしても真っ暗だ。ここの姉弟《きょうだい》は異常なくらい節電を徹底しているので、人がいない場所は完全に電気を切ってある。携帯電話のあかりを頼りに、あたしは台所へと向かった。テーブルの上によく果物が置いてあるのでバナナでもあったら頂こうと思ったのだ。

「どうしたの？　トイレ？」

台所に入ったとたん、白い人影が立ち上がったので、あたしはぎょっとして携帯を取り落とした。よく見るとおねえさんがテーブルのところに立っていた。

「ど、どうしたんですか」

「やあねえ、ココアちゃん。わたしが聞いてるんじゃない」

おっとり笑うとおねえさんは電灯の紐《ひも》を引っ張った。橙色《だいだいいろ》の灯りが食卓の上に灯《とも》る。

「眠れなかったの？」

「はい、まあそんなとこです」

「日出男は？」

「よく眠ってます」

「そう。ホットミルクでも飲む？　それともココアがいい？」

「あーじゃあココアをお願いします」

おねえさんはゆっくりと戸棚からココアの箱を出した。この家にはじめて泊めてもらったときも飲ませてくれた外国のココアだ。箱には大きくSWISS MISSという字と雪をいただいた山がかいてある。粉をカップにいれてお湯をそそぐだけで簡単にできあがる、ちょっと甘すぎるココアだ。やかんでお湯をわかすおねえさんの後ろ姿をあたしは眺めた。白いパジャマにいつもは後ろでひとつにまとめている髪がおろしてある。わりと豊かではりのある髪だけれど、こめかみに目立つ白髪が数本あった。極端になで肩で、手足は細くても背中や腰のあたりには中年女性特有の肉感があった。あたしのママより年上だけれど、同じくらいか年下のように感じる。独身のせいなのかもしれない。

「おねえさんも眠れなかったんですか？」

聞いてしまってから、しまったと思った。さっきヒデちゃんにおねえさんが落ち込んでいる原因を聞いたばかりだった。こんな夜中に電気もつけないで台所に座っていたなんて、そりゃくよくよしてたに決まってる。あたしは同年代の友達でも、悩みを聞いたり慰めたりするのが苦手だった。

「時々うまく寝つけないことがあるの。まあ誰でもそうでしょうけど」

優しいトーンで彼女は呟く。古くてあちこち焦《こ》げたやかんを片手に持って。そして

「暑くも寒くもなくてちょうどいい季節よね、今は」と何の脈絡もなく言った。

会社の話に発展しなかったのはよかったけれど、そんなにどうでもいいことを言わ

れてもこれまた返答に困った。おかしな人だ。

親切にしてもらってこんなことを思うのも何だけれど、この人はやはり変わっていると思う。弟のことしか考えないで生きているようなのに、その弟のどうやら恋人らしいあたしに対してほとんど興味を持っていないのだ。もちろんこうして目の前にいれば親切にしてくれるし、しょっちゅう泊まりにきても全然いやな顔をしない。はじめてあたしがこの家にきたとき、男に殴られて腫《は》れた顔を冷やしてくれて、汚れた服も洗濯してくれた。警察に通報してあげようかと眉《まゆ》をひそめ、危ないからしばらく帰らないでここにいなさいとまで言ってくれた。

でも、一段落するとけろりとおねえさんはあたしを心配しなくなった。おねえさんの関心は常に弟に向いている。けれど、あたしに弟を取られる心配というのはまったくしていないようだ。時々やってきて弟に懐《なつ》いている外猫くらいにしか思っていないのかもしれない。

おねえさんと向かい合って、あたたかいココアを飲んだ。彼女はあたしが目の前にいることさえ忘れてしまった様子で、ぼんやりとマグカップを持っている。

三十年も勤めていた会社を辞めさせられて、この人はどうするんだろう。独身のまま五十歳になって、働けない弟を抱えて。

おねえさんは今、不幸かな。あたしから見れば、ついていない人生だと思うけど、本人の顔にはそんなに悲壮な色は浮かんでいなかった。ヒデちゃんも、おねえさんや自分のことをそれほど悲観的に思ってないようだったし。どちらかというと楽観的にも見えた。関係ないあたしだけがハラハラしてて馬鹿《ばか》みたいだ。

この姉弟が幸福なのかどうか、あたしはいまだに、というかますますわからなくなってきていた。

社長の仕事はどんどん長男である副社長に引き継がれていった。社内業務だけではなく、社長は様々な団体の顧問や委員を引き受けていたので、それも副社長が受け継ぐことになった。私はそれに伴う、最後の忙しさと共に夏に向かった。

とっくに社員たちは私が辞めることを知っていて、それぞれ引き留めてくれたり、副社長の悪口を言っていったりした。誰からもそう関心など持たれていないと思っていたので、想像以上に沢山の人たちが名残を惜しんでくれることに私は驚いていた。

副社長は今後、特に自分専任の秘書は置かない方針のようだった。業務的な補佐は男性部下に任せ、スケジュール管理は四月に入社した、あの子鹿《こじか》のような女の子に任せるということだった。会社のことをまだ全然知らない新人にやらせなくてもベテラン女性社員が他にいくらでもいるのに、と思ったが、どうやらコンピュータ管理を任せられるのは彼女しかいないらしい。というより、最初からそのつもりで彼女は採用されたと誰かから聞いた。確かに私では、メールチェックと簡単な資料集めくらいしかパソコンで出来ることはなかった。改めて自分が会社にとって有用な人材ではなくなっていたことを思い知らされた。

夏になると慌《あわ》ただしさが一段落し、社長が検査入院と療養を兼ねた長い休暇に入った。私は社長がいないとほとんどすることがないし、もう辞めるのだから有給を使って休んでしまってもいいのだが、この時期になると総務の女性たちが海外旅行に行くため休みをとりたがるので、私はその留守番のつもりでいつものように出社していた。

斜め前の席では子鹿ちゃんが目にも止まらぬ早さでキーボードを打っている。何をやっているのか私にはもうわからない。電話をとるのも早いし、いつしか書類の文字も見違えるように大人になっていた。私は急ぎではない書類に一枚一枚、会社印を丁寧に押していた。冷房の効いたオフィスの窓の外には、雑居ビルの群れに午後の熱が陽炎《かげろう》のようにゆらめいている。明日から八月になる。

あの子はちゃんと水分をとっているだろうか。ふと心配になって私は手元に置いてある携帯電話に目をやった。クーラーにあたるとぐったりしてしまうのはわかっていても、この酷暑で冷房しなければあの子の体力は続かない。去年、熱帯夜が続いて眠れなかったあの子は疲れ果て、家の中で昼寝をしていただけなのにひどい脱水症状を起こして病院に担《かつ》ぎ込まれた。いっそのこと夜はちゃんと冷房を効かせ、厚着して毛布をかぶって睡眠をしっかり取った方がいいと医者に言われた。

会社を辞めたら、そばにいてあげられる。どうしているか、一人で苦しんでいないかやきもきしないですむ。そこまで考えて私は判子をつく手を止めた。

そばにいてあげられる、という考えは結局自己満足なのだ。ずっとうちわであおいであげてもあの子は喜ばないだろうし、体の苦痛を代わってあげることもできない。それどころか収入を失ってしまったら、真夏のクーラー代も真冬の石油代も節約しなくてはならないかもしれない。

もちろんお金のことを全然考えていないわけではなかった。あの子の治療費、食費などの最低限の生活費は、貯金も多少はあるし、退職金は割り増しで貰《もら》えるし、当面なんとかなるとは思う。けれど当面とは具体的に何年くらいだろう。年金が貰えるまで食いつないでいけるだろうか。年金だっていくらもらえるのかよくは知らない。ここを退職したあと、正社員としてどこかで雇ってもらえる可能性はたぶんないだろう。パートで日銭を稼ぐとしても、あの子の症状が悪化したときのことを考えると頭が真っ白になった。あの子が入院したら、私は看病に打ち込むことになるだろう。働く時間なんてない。どんどんお金が減っていく。あの子のためのお金がなくなっていく。

「楢崎さん？」

声をかけられ私は目を見開く。

「どうかしましたか。なんだか顔色がよくないですよ」

いつの間にか子鹿ちゃんがそばにきて、こちらを覗《のぞ》き込んでいる。

「ごめんなさい。なんだか変なスパイラルに入っちゃって」

「スパイラル？」

「いえ、なんでもないの」

「お昼の休憩、ゆっくり行ってきてください。外は暑いから気をつけてくださいね」

労《いたわ》られるように言われて、私は素直に席を立った。

暑いし食欲もないので下のコーヒースタンドで何か食べようと思っていたら、満席の上にテイクアウトを求める人の列が連なっていた。どうしようかとぼんやり立っていると、店に入ってきた男の人と目があった。私の顔を見て「あ」と言ったので、反射的に会釈《えしゃく》をしたが誰だか思い出せなかった。

「混んでますね」とその人が話しかけてくる。よほど外は暑いのだろう。白いワイシャツから熱気がもわりと立ち上っていた。

「そうですね、ちょうどお昼ですからね」

「ここのサンドイッチってすぐ売り切れちゃうんですよね」

「そうなんですか。そうしたら私はケーキかドーナッツにします」

「お昼ご飯なのに？」

「男の人はそれじゃお腹《なか》すいちゃいますよね。でも私は甘いもの好きだから」

「ええと、よかったら余所《よそ》にランチに行きませんか」

　そこまで会話して、私ははじめてその人の顔をちゃんと見た。弟と同じくらいの歳《とし》だろうか。適当に話をあわせてしまったが、お昼ご飯に誘われるということは向こうは私を知っているのだ。社長の名刺フォルダを私は頭の中でめくる。ど忘れしていましたじゃ済まない相手だったらまずいと思った。

「ごめんなさい。そんな困った顔をしないでください。僕、こういう者です」

　額に汗を浮かべてその人は名刺をくれた。須賀《すが》裕一郎。印刷会社の営業マンだった。そういえば、社長室にまで時々挨拶《あいさつ》に上がってくる人だ。いつもまるまると太って特徴のある上司と一緒にいるので、彼のほうは印象が薄かったのだ。

「私とお昼ご飯ですか？」

印刷会社は編集部とつきあうもので、総務との関わりはないに等しい。だいたい社長にまで顔を見せにくる営業マンだって珍しいのだ。なのでつい正直な驚きが口をついて出てしまった。

「楢崎志保子さんですよね」

「はい」

「ええと、あの、一度ゆっくりお話ししてみたかったんです。でも、なかなかきっかけがつかめなくて。総務に上がっていく用事もあまりないし。そしたら、あの、店に入ったらいきなり楢崎さんがいたものだから」

まったく意味が飲み込めなかったが、どうやらこの人は私に何か話があるようだ。出入りの印刷会社の人なのだから、何か仕事上の話なのかもしれない。

「いいですよ。どこに行きましょうか」

「本当に？」

「本当ですよ。ランチでしょう」

「じゃあ、せっかくだから鰻《うなぎ》を食べませんか。おいしいところ知ってるんです」

「まあ」

まだ、賛成も反対もしていないのに、須賀という男の人はコーヒースタンドを飛び出して、ちょうど来たタクシーを止めた。ぽかんとしていると、その人は顔を輝かして手招きしている。なんだかわからずタクシーに乗ると、彼は携帯電話で店を予約していた。その店の名が社長が好きでよく行く鰻屋と同じだったが、まさか本当に同じ店だとは思わなかった。

申し遅れましたが、あたしは長谷川《はせがわ》心温、十九歳、一応専門学校生です。心が温まると書いてココア。元ヤンの親に名付けられたのではと人に笑われたりもしますが違います。福島県郡山《こおりやま》市で生まれて育ちました。妹はまだ郡山の実家で高校生をやっていて、父は地方公務員、母は専業主婦、おじいちゃんは寝たきり。

あたしが高校を出て東京の情報処理専門学校に入ったのは、単につきあっていた一年先輩の彼氏を追いかけてきたかっただけ。東京に出てきてすぐ同棲《どうせい》して、お金がもったいないから自分のアパートは解約しました。そしたら何の予告もなく彼氏の暴力がはじまったので、死ぬほどびっくりしました。

あんなにラブラブだったのに、急に独占欲と猜疑《さいぎ》心《しん》でいっぱいになって、あたしの帰りが遅かったり、ちょっとメールの返信が遅れたりすると彼はキレまくってあたしを壁に突き飛ばした。ひとしきり暴れると今度は大泣きで平謝りなのだからわけがわからなかった。先輩は入った大学に全然行っていなくて、あたしもあちこちに青タンつくって学校行く気になれなくて、なるべく先輩のそばにいて安心させてあげようなんてけなげに思ってた。でもいくら気をつけてても殴られるときは殴られる。はじめて顔をぼこぼこにされたときはさすがのあたしもへこんだし、鼻が痛くて痛くて折れてるような気がして病院に思い切って行ったのだった。そのときヒデちゃんが声をかけてくれたのだ。あの待ち合わせに使っている処方箋《しょほうせん》薬局で。長谷川ココアさん、と薬剤師があたしを呼ぶとヒデちゃんは珍しそうにあたしをじろじろ見たんだった。そして「ココアなんて犬みたいな名前だね」と話しかけてきた。おまえは犬だ、虐《しいた》げられても主人にしっぽを振ってこびを売る犬だ、とそんなふうに言われた気がして、あたしは東京に出てきてはじめて泣いた。犬だけにわんわん泣いた。ヒデちゃんは責任を感じてあたしを家に連れ帰り、そしておねえさんにも同情され、泊めてもらったのだ。

何が言いたいのかというと、あたしには愛情っていうものがよくわからないという話。

先輩はそれからいつの間にか精神的安定を取り戻したようだった。あたしの他に女ができたのだ。といっても本格的にそちらにのりかえる気はないようで、あたしのことを部屋から追い出したりはしないし、むしろ前より優しくなった。あたしの外泊に何も言わないのは自分も新しい彼女の部屋に泊まりに行っているからだろう。あたしたちの愛の巣は、今や共同の荷物置き場になっている。

なのに、なんであたしたちは別れないのかな。もう別れているも同然なんだけど、たまに元愛の巣で顔をあわせると、なごやかにうどんを食べたりしている。愛情が濃くないほうが、関係がすべらかになった。

あたしのヒデちゃんに対する気持ちも、なんだか複雑だ。シンプルに好きでたまんない、という気持ちだったらおねえさんから奪い取りたいとか思うのかもしれない。でもそれは絶対無理。おねえさんは独占しているつもりもないだろうし、ヒデちゃん本人もあたしに愛だの恋だの欲情だのめらめらしたものは全然持っていないようだ。ヒデちゃんの感情は、彼自身の手で几帳面《きちょうめん》に調味料を計ってつくるカロリー計算された薄味の食事のように、制御され、完結されている。

最初の頃は、この姉弟は怪しいのではないか、と思わないでもなかった。ちょっとしたことで肩に手をふれたり、数秒みつめあったあと微笑《ほほえ》んだり、なんだか安定した夫婦みたいな感じがした。もし、ふいに襖《ふすま》をあけたとき、ふたりが裸でからみあっていても、そんなにびっくりしないんじゃないかと思った。

でも、この家に通うようになって、そんなあたしの認識はちょっとずつ変わってきた。形容のしようのない愛情がふたりのあいだには確かにある。けれどそれはあたしの知らない種類のものだ。あたしには妹がいて、結構仲が良くてかわいい奴《やつ》と思っているけれど、そんなレベルじゃない、もっとねちっこいもの。詳細に知りたいような、知らないでおきたいような。あたしなんかには手に負えないような気がするもの。知ってしまったらあたしは逃げてしまうかもしれない。でもそれこそが、愛情の正体なのかな。腰がひけてしまうほどの執着心だったり、歯がゆいほどの無償の精神みたいなものだったり？

ヒデちゃんとあたしは、古ぼけた縁側に並んで座り、iPod のイヤホンを左右片方ずつ耳に入れて夕涼みをしていた。

九月の最後の週末。夏中、ゾンビのようになっていたヒデちゃんがやっと起き出してきて、今日床屋に行ってきた。駅前にある千円でカットだけしてくれるところ。カットから帰ってきた彼の頭を、あたしは風呂場《ふろば》でシャンプーしてあげた。隣からヒデちゃんの体臭以外の匂《にお》いが漂ってくるのは久しぶりだ。東京の夕焼けは田舎のそれより赤い。空気に塵《ちり》が多いからだとヒデちゃんが教えてくれた。

「おねえさん、それでその営業の人とつきあうの？」

「さあねえ。なんかまだ混乱してるみたいだよ」

　おねえさんの人生に突如現れた印刷会社の営業マンは、前からおねえさんのことが気になっていたそうだ。歳も違うし、どうやら社長の愛人だという噂《うわさ》もあるし、諦《あきら》めかけていたらおねえさんが退職することを知った。会えなくなるのかと思うと、どうしても自分の気持ちくらいは知ってほしくなって思い切っておねえさんを昼食に誘ったらしい。そして何度かふたりでランチデートをし、今日は土曜の午後の映画デートに出かけているそうだ。

　三十八歳だというその営業マンは、いったいおねえさんのどこが「前から気になっていた」のだろう。そりゃ彼女は年齢のわりにはきれいだと思う。物腰も柔らかいし、人好きする顔をしている。年に二回、三越で社長がまとめて買ってくれていたというクラシックなスーツもよく似合っていて不思議な色気があった。でもそれだけで、ひとまわり年上の、いわくありげな女を好きになるだろうか。それともいわくありげだから好きになるのか。

　右耳からあたしの好きなMONGOL800が聞こえはじめる。ヒデちゃんのiPodにはあたしの知らない古い曲がいっぱい入っているが、ときどきこうやって趣味のあうものもある。考えてみればヒデちゃんとあたしだってこんなに歳が離れているのだ。そしてこれから結婚したり子供をつくったりする展望はないけど、こうして仲良くやっている。おねえさんに一回り下の彼氏ができても、そんなに不思議がることはないかな。そこまで考えてあたしは気がついた。ヒデちゃんとあたしの関係がずいぶん変わったものだということを、あたし自身が一番よく知っているじゃないか。やはり、その須賀とかいう営業マンは絶対どっか変わっているのだ。

「なんだかさ、キュウコンされてるんだって」

ぽつんとヒデちゃんがそう言った。キュウコンが球根に変換され、求婚だと思い当たるまで時間がかかった。「ええ？」とあたしは大きな声を出した。

「プロポーズ？　いきなり？」

「結婚を前提におつきあいさせてくださいって言われたみたい」

眼鏡の向こうのヒデちゃんの顔がえへらとゆがむ。笑っている場合なんだろうか。

「け、結婚するの？」

あたしはイヤホンを引きちぎるようにしてヒデちゃんに向き直った。

「僕がするんじゃないから、よく知らないよ」

イヤホンを拾ってヒデちゃんは自分の左耳に入れた。これ以上その話はしたくないというポーズだろうか。あたしは自分の赤いペディキュアの指を見て思った。その人、おねえさんに働けない弟がいること知ってて言ってんのかしら。

てゆうか、おねえさんって、まさか処女じゃないよね？　つきあった人がいなくても、最悪その社長というのにお手つきにあっているとあたしは踏んでいたがどうなのだろう。そうであってほしい。そうじゃなきゃなんかつらい。その営業マンだって、そこんとこに色気みたいなものを感じているんだろうし。

もしその営業マンが、彼女が退職に追いこまれている上に、働けない弟を抱えていることを全部承知で求婚しているとしたら、おねえさんはどう考えるだろう。結婚したら普通は弟とは一緒に住まないだろうけれど、ヒデちゃんは普通じゃないケースだ。弟ごと面倒見るとその男が言ったなら、おねえさんの気持ちは揺れるだろうか。でも、肝心のヒデちゃんの気持ちはどうだろう。おねえさんの結婚が嬉《うれ》しいのかつらいのかすら想像できない。そうだ、経済的な援助だけしてもらって、あたしとヒデちゃんで暮らすっていうのはどうかしら。

いいアイディアを思いついたとヒデちゃんのほうを勢い込んで見ると、彼は尻《しり》のあたりを掻《か》きながら大きなあくびをしていた。

その暢気《のんき》さに救われるどころか、膨らんだ気持ちがしゅるしゅるとしぼんでいくのを感じた。あたしではヒデちゃんを守れない。あたしはヒデちゃんの実際的な役にはまったく立たない人間だった。彼がどの程度むくんでいるのか判断なんかできないし、栄養価をばっちり考えた食事を三食作り続けることなんかできっこない。それが一生続くのだ。生半可な覚悟でできることじゃない。いくら好きでも自分の時間をほとんど捨てて、他人の体を面倒見ることにつぎ込むなんてできっこないよ。

うつむいてペディキュアの剝《は》げた部分を指先で掻いていると、埃《ほこり》っぽい庭木の向こうに、車が速度を落として止まったのが見えた。おねえさんがおりてくる。運転席にたぶんその営業マンがいるのだろう。首を伸ばしてみたけれどよく見えなかった。おねえさんは何度も頭を下げ、車が行ってしまうまで見送ってから玄関に向かって歩いてきた。そして、あたしたちが縁側に座っていることに気がつく。

「おかえりなさい」

ヒデちゃんは何ごともなかったかのようにおねえさんを迎えた。

「あら、日出男。散髪したのね」

おねえさんは花が咲いたように笑った。デートというからどんな格好で行ったのかと思っていたら、いつも会社に行くスーツと踵《かかと》の低いパンプスだった。あたしはおねえさんの座る位置を作ろうと、和室のほうへ少しお尻を移動させる。自然な流れで彼女はそこへ腰を下ろした。おねえさんからかすかに、ヒデちゃんと同じシャンプーの匂いがした。

「映画はどうだった？」

「新鮮だったよ。映画なんて観《み》るの、何年ぶりかわかんなかったし」

「ずっと忙しかったからね。これからは、いくらでも観たら？」

「高いもの。贅沢《ぜいたく》はたまにでいいのよ」

姉弟の会話をあたしは黙って聞いていた。映画はいいからデートはどうだったとか、そういう話にはならんのか。

「日出男、今度は一緒に行こうか。たまには映画館」

「そうだなあ。映画の日とかなら少しは安いんでしょ」

「会社に時々招待券がきてるから、そういうの使って」

「たまにはいいかな。そういうのも」

おねえさんは頷《うなず》いて、そっとヒデちゃんの眼鏡に手を伸ばす。それを彼の顔から外すと、手に持っていたハンカチで静かに磨きはじめた。並んだふたりはもう言葉も交わさず、こわいくらいの赤い夕日に顔を向けていた。

おねえさんは、あたしのことなどまるっきり見えていないようだった。どうせあたしは外猫ですよと思って「にゃーん」と鳴いてみた。それでもふたりは振り返らない。ちょっと傷ついて、あたしはヒデちゃんが縁側に置いたiPodをいじっていた。

こんなんじゃ、結婚なんかするわけない。安堵《あんど》と忌々《いまいま》しさと両方を感じてあたしは複雑だった。

須賀さんは食事をするたびに、私にちょっとしたプレゼントを贈ってくれた。恐縮のあまり「やめてください」と最初の数回は言ったのだが、いい大人が泣き出しそうな顔をするので結局頂いてしまっている。贈り物といっても、色とりどりのマカロンやハーブティー、ガラス玉のついた携帯ストラップや外国の絵本など、お返しが必要なものを押しつけられているわけではない。どちらかというと若い女の子が——そうココアちゃんなんかが——喜びそうなものばかりだ。それらは私を不思議な気持ちにした。社長が長年、服や靴やバッグを買ってくれたのは、接待に同席させるのに必要だったからだ。私の経済力とセンスのなさを、社長はフォローしてくれた。もちろんそれだけだったとは思っていないけれど、社長は私を大人にするために物を買い与えてくれた。それにひきかえ、須賀さんが鞄《かばん》の中から取り出すプレゼントには、毎回かわいらしいリボンがついていて私はとても面はゆい。

十一月の最初の金曜日、私は須賀さんと夕食をとってから帰宅した。もっと早く戻るつもりだったのに、十一時近くになってしまった。玄関は真っ暗であの子の部屋の灯りも消えている。ココアちゃんの靴もなかったので、日出男は一人で眠っているのだろう。

着替えをしてから台所へと下りた。自分の部屋は物置のようになっているので、そこでは眠ることくらいしかしない。和室もあまり落ち着く場所ではなかった。母がそこで息をひきとったからかもしれない。この家で一番くつろぐのは板張りの狭い台所だ。

私はテーブルの上で、帰り際《ぎわ》に須賀さんから渡されたプレゼントの袋をあけてみた。陶器のようなものが割れないように包装されている。ミルク色のアロマポットとアロマオイルが一瓶でてきた。オイルは茶色の小瓶に白いラベルが貼《は》ってあり、一輪花の絵が描いてある。アロマ用の蠟燭《ろうそく》のセットも入っていた。

いろいろ思いつくものだな。私は包装紙をたたみながら思った。こういう物が売っていることは知っていたけれど、生活に必要な物でもないので買おうとしたことはなかった。彼がくれるものはみんなそうだ。必需品ではなくて生活を彩《いろど》るもの。母が生きていた頃は、まだこの家にも多少そういうものがあった気がする。夏には庭で花火をたし、冬にはクリスマスツリーを飾った。春先には庭先の鉢植えが一斉に咲いた。

私はアロマポットに水をはって、蠟燭に火を点《つ》けてみた。オイルの瓶をあけて匂いをかぐ。ふんわりと蜜柑《みかん》のような匂いがした。それを三滴ほどポットにたらした。

今日ははじめて須賀さんと夕飯を食べた。東京タワーが間近に見えるレストランで、私のほうのメニューには値段が書いていなかった。実は彼もそんな店は慣れていないようで、ずいぶん緊張しているようだった。二人で緊張しておかしかった。今度はもっと気楽なところへ行きましょうと私が言ったら「今度を約束してくれるんですか」と嬉しそうに言っていた。お料理は味が濃くて、薄味に慣れている私にはちょっとつらかったけれど、きちんと食べた。須賀さんはワイン二杯で耳まで赤くなって、あまり飲めないのだと頭を掻いていた。笑いながらも、こんなきれいなお料理をあの子は一生食べることはないんだな、と思っていた。思っても仕方ないのに思っていた。

「僕のことをわけがわからないと思っていますか」

食事の後半、急に真面目《まじめ》な顔をして、須賀さんは私に聞いた。返事に窮していると、彼はカトラリーを置いて水を飲み深呼吸をした。

「僕にも何故《なぜ》こんなにあなたが好きなのか、よくはわからないんです」

「そうですか」

人ごとのように私は頷いた。

「最初は遠くから見て感じのいい人だと思っていました。会社を辞めてしまうと聞いて、動揺しました。だから思い切って話しかけてみたんです」

真夏に行った鰻屋《うなぎや》でも、彼は緊張して汗ばかり拭《ふ》いていた。私はやはり味の濃さを我慢して全部食べたのだった。

「それから、会って話をするたびにどんどん好きになりました。志保子さんのような女の人が僕の理想です。上品であたたかです。あなたは僕の誘いを断らなかったので、どんどんいい気になってます。このまま僕はいい気になっていいんでしょうか」

「それは、あの、結婚を前提にしたおつきあい、という意味ですか？」

「そうです。何度も言いましたけど、真面目な気持ちです」

「もうすぐ私は五十になるんですよ。結婚しても子供はできないと思います」

「子供がほしくて結婚したいわけじゃないです。あなたがほしいから結婚したいんです」

彼は言ってから自分の台詞《せりふ》に照れたらしく、さらに顔を赤くした。つられて私まで顔に血がのぼってくるようだった。今度は私が水を飲んで息を整えた。

「弟の病気のことは先日お話ししましたけど」

「はい。それは」

「もう少しお話ししないとならないと思いまして」

そこでふと、私は人にこのことを話したことがあっただろうかと考えた。胸の内ではいつもいつも思っていたことだけれど、言葉にして人に伝えたことがあっただろうか。

「私はやはり、あの子に引け目を感じているのだと思います」

須賀さんは口を挟まず目だけで頷いた。

「母親の癌《がん》が再発したとき、あの子は高校三年で就職も決まっていました。今ほど病状も悪くなかったので、事務職なら大丈夫だろうと知り合いの会社の経理につかって頂くことになっていたのです」

あの時ほかに選択肢はなかったし、あの子も誰の説得もきかなかっただろうとは思う。けれどやはり後悔の気持ちがわき上がるのだ。

「日出男は就職するのをやめて、母の看病に専念することを選びました。母は何年にもわたって手術を繰り返して闘病しました。日出男が毎日献身的につきそったから、母はお医者さんも驚くほど長く生きたのだと思います。でもあの子はどんどん自分の体力をすり減らして、最後の方は母親と同じ病院に入院しながら看病していました」

「それのどこが引け目なんですか。志保子さんもその間、家族のために頑張って働いたのでしょう?」

唇を嚙《か》んで私はテーブルの上の光る皿を見つめた。

「あの子に私は、母親を押しつけたような気がしてならないんです」

「でも志保子さんには仕事があった。弟さんが高卒で働くより、あなたのほうが遥《はる》かに年収が多かったはずだ。家族を支える収入でしょう」

慰められているのに、私は責められている気がした。やはりこんなことは話さなければよかったのかもしれない。

「とにかく、私は弟をひとりにするわけにはいかないんです」

彼はそこで大きく頷いた。

「弟さんのことはわかりました。弟さんと三人で暮らすということになっても、僕の方は構いません。弟さんがそれは嫌だと言うなら、なるべく近くに住みましょう。志保子さんがいつでも様子を見に行ける場所に。僕はただのサラリーマンですけど、幸い収入は安定しています。子供をつくらないなら、その分のお金を弟さんに十分まわせます。生活のことはいろいろと臨機応変にできると思います」

私はまた返答に詰まる。これが自分の話でなかったら「こんないい縁談はもう二度とないに違いないのだから、この方の求婚を受けなさい」と言っているところだろう。だが自分の話となると戸惑ってしまう。結婚など自分の人生にありえない話だと思っていた。私にはあの子だけだった。

須賀さんはいい人だと私は感じた。恋愛というものが若い頃から私にはわからないが、この誠実で裏表のなさそうな人がもし見合い相手ならば、私は断らないだろうと思った。でもこれは見合いではない。では恋愛かと自分に問えば、それもまた違うように感じる。

返事を保留にしたまま、私はタクシーで送ってもらって帰宅した。食事をするたびご馳走《ちそう》になり、帰りは必ず車で送られる。男女のおつきあいというのはこういうものだとわかっていても、それにかかる男性側の経済的負担を考えると何かお返ししなくてはならないのではと落ち着かない気持ちになった。須賀さんと社長は違うのだからと。

ポットの上のオイルがあたためられて匂《にお》いが広がっていく。炎を眺めるのは落ち着くものだなと思った。子供の頃からストーブの火やお風呂《ふろ》の種火を眺めるのが好きだった。ああ、お風呂といえば、最近調子が悪くて追い焚《だ》きできないときがあるんだった。ガス屋さんを呼ばないと。昔ながらのタイル張りのお風呂場は、冬になるととても寒い。私は我慢できるけれど、あの子は心臓だって丈夫じゃないのだから、すきま風が入らないようなお風呂場に改装してあげたい。でも、それにはいくらくらいかかるのだろう。いっそ結婚して、新しい家に引っ越してしまったほうがいいだろうか。お風呂場のために結婚を決めるなんてどうかしているだろうか。

須賀さんが私に向かってはじめて結婚という単語を使ったとき、正直なことを言って私には何も響かなかった。この人は何か勘違いをしてのぼせ上がっているのだと思った。どこにも問題のなさそうな好青年が、どうしてひとまわりも年上の、干からびはじめている女に求婚しているのかわからなかった。そして本当のところ、今でもよくわからないのだが。

帰りの車の中で彼に握られた右手を、私は蠟燭の火にかざしてみた。マニキュアをする習慣もハンドクリームを塗る習慣もない指。骨ばった薄いてのひら。須賀さんの手は社長の乾いた手とは違って、しめっていて熱かった。小さい頃、日出男が熱を出すとあんな手になった。

結婚をしたら、と私はぼんやり思った。結婚をしたら、やはり性交することになるのだろうな。そう思うと不安だった。三十代のはじめに、男の人と短いおつきあいをしたことがあった。そのときは、その人が好きだと思った。だからベッドの中での出来事に慣れなければと自分に言い聞かせた。けれど結局私はそれに慣れなかった。たぶんそのせいで、おつきあいは長続きしなかった。社長とはたった一度だけそういうことになったけれど、私は母を失った悲しみの中にいて、ただ社長にしがみついて延々と泣いていた記憶しかない。

須賀さんは特にそういうことを求めてきてはいなかった。いまどき結婚するまで何もしないおつきあいというのがあるとは思っていないけれど、それでも彼の礼儀正しさに私は甘えていた。

物音がして私は顔を上げる。日出男がトイレの戸を開ける気配がし、用を足した彼が台所へとやってきた。

「うわ、なんかオレンジ臭が」

「え？　臭い？　アロマオイルをたいてみたんだけど」

「臭いっていうか、もわっときた。へえ、これデートのお土産？」

私は曖昧《あいまい》に頷き「なにか飲む？」と日出男に聞いた。ココアと答えが返ってきた。お湯を沸かしていつものココアの粉を溶く。私たちは蠟燭の火をはさんで向かい合った。彼は何も言わないで、オイルの小瓶のラベルに目を落としている。何か言いたいことがある感じが伝わってきたが、しばらく待っても日出男は何も言わなかった。

「ねえ、日出男」

私はうつむいたまま言った。

「お母さんは、お父さんのどこが好きで結婚したのかな」

「何だよ急に。知らないよ。僕が生まれたときはもう離婚してたんだし」

日出男の声がかすかに苛《いら》ついている。

「お父さんがいたから、私と日出男が生まれたのに、お母さんたら、まったくなかったことにするなんてやっぱり勝手じゃないかな」

「だから知らないって。志保子ちゃんが父親を恋しいっていうのなら捜してみたらいいんじゃない？　お金の不安もその人が解決してくれるかもよ」

「なに怒ってるの？」

「怒ってなんかないよ」

日出男は眉間《みけん》を揉《も》んで、息を吐いた。

「志保子ちゃん、結婚しなよ」

「しないわ」

「意地を張るなよ。迷ってるから親の話なんか持ち出すんだ。してみて駄目ならやめればいいんだから」

「だって、日出男はどうするのよ」

「どうとでもしてよ。僕には決定権はないんだ。とにかく」

そこで彼は言葉を止めた。

「僕のことはあんまり考えないで、ちゃんと決めなよ。志保子ちゃんが僕のせいで迷ってるのを見るのはつらいからね」

テーブルをぱんと叩《たた》いて立ち上がり、日出男は廊下の暗がりに消えていった。

結婚するということは、私にとって握りしめているこの手を放すことだった。そして別の人と手をつなぐこと、家族になること。それが私にできるだろうか。私はあの子から離れることができるのだろうか。


四人で鍋《なべ》って。あたしは正直逃げたかったけど、ヒデちゃんがおねがいします、と頭を下げて頼むので、無下に断れなかった。考えてみれば彼があたしに頼みごとをするなんて、はじめてかもしれなかった。

クリスマスを目前に控えた日曜日、狭い和室の炬燵《こたつ》の前で、須賀裕一郎三十八歳はかちんこちんになって正座していた。彼の右隣がおねえさんで、正面があたし、左隣がヒデちゃんだ。須賀の真後ろには仏壇が鎮座している。

昼間、あたしはおねえさんと一緒に食料品の買い出しにいった。一人では持ちきれそうもないからココアちゃん悪いけど手伝ってくれない、と言われたのだ。おねえさんに頼みごとをされたのもこれまたはじめてだった。つまり、あたしはあの家に結構なじんでいたつもりでいたけど、一方的に押しかけていただけだったんだなと今更ながらわかった。でも今日だけは、どうしてか姉弟に頼りにされている。よほど三人だけで会うのが不安なのだろうか。

おねえさんはもう会社に行かなくなっていた。退職の日付は年末だけれど、有給を消化するとかで十二月の頭から家にいる。会社の仕事納めの日に忘年会を兼ねた送別会があり、その日だけ出社すると言っていた。

スーパーマーケットでカートを押すおねえさんの後ろ姿を見て、あたしはこの人と親子だと思われたらイヤだなと、ちょっと離れて歩いていた。別におねえさんがきらいだとかではなくて、彼女の服装が変だからだ。奇抜というわけではないけれど、色や素材の組み合わせがちぐはぐなのだ。着古した芥子色《からしいろ》のセーターに丈が微妙に短いスラックス、その下に水玉模様の靴下が見えていて、黒いペタンコな紐靴《ひもぐつ》を履いている。その上からたぶん社長に買ってもらったのであろう、ダックスのチェックのコートを着ていた。家でもスーツを着ていたらいいのにと思った。あたしのパパが日曜日になるとやっぱりなに着ていいかわからなくて変な格好になるけど、それよりひどい。前から休みの日の格好がちょっと妙だと思っていたが、会社をやめてからおねえさんはますます変になっている。

彼女はどっさり買い物をした。四人でもこんなには食べないだろうという量だ。白菜は丸ごとふたつ、豆腐は四丁、鶏《とり》の挽肉《ひきにく》は六〇〇グラムみたいな感じ。一応止めたのだけれど、おねえさんは混乱してるみたいで「足りないより余ったほうが」と夢遊病患者のようにふらふらそれらをレジに運んでいってしまった。ふたりでうんうん唸《うな》って重い荷物を家まで運び、あたしは鍋に入れる鶏団子づくりも手伝わされた。部屋にいたはずのヒデちゃんがいつの間にかいなくなっていたので、おねえさんとあたしで心配していたら、夕方前に東急ハンズの袋をぶら下げて帰ってきた。これ飾ろうよ、とヒデちゃんが取りだしたのは、こぶりのクリスマスツリーだった。真っ白でピアスくらいの小さい電飾がついているだけのそっけないものだったが、おねえさんの服の百倍センスがいいとあたしは思った。

というわけで、仏壇の間《ま》に炬燵で鍋で、クリスマスツリーで、ヒデちゃんが冗談で買ってきた七色の三角帽子を四人ともかぶって、はたから見たら相当ばかみたいな四人の大人のクリスマス会がはじまった。おねえさんとヒデちゃんとあたしはお子さまシャンパンを飲み、須賀にはスパークリングワインが与えられた。

「な、なんか照れますね、この帽子。ココアちゃんは似合いますけど」

座ってからもう三十分以上たつけれど、須賀は正座をくずそうとはしなかった。緊張してるのはわかるけど足しびれないのか？

「須賀さんも似合いますよー。写メ撮ってあげますねー」

あたしは適当なことを言って携帯を向ける。そうしたら横にいたおねえさんの方に顔を寄せて、ふたりでこちらに向かって笑顔をつくりピースサインを出したのでちょっと驚いた。横目でヒデちゃんを盗み見ると、普通にへらへらわらっていた。

ずいぶん仲良しじゃんか。なんだか理由もなく面白くない気持ちになってきた。

須賀は想像していたより整った顔をしていた。よくいうと甘い顔立ちで、悪くいうととっつぁん坊や。ゴルフウェアみたいな服装からして彼も日常的にスーツを着ている人なのだろう。垂れた目尻《めじり》がマザコンぽいというか、確かに年上の女の人にかわいがられるタイプかもしれない。ヒデちゃんは年齢不詳という感じだけれど、須賀は実年齢より幼くみえる。これってあたしがこの男になにか反感をもってるからかしら。おねえさんとこいつが結婚すれば、ヒデちゃんがあたしのものになるかもしれないなんて思ったこともあったのに、なんだかわからないけど、あたしは須賀という男がうっすらきらいだった。

「この鶏団子、すごくおいしいです。生まれてから食べた、一番おいしい鶏団子だ」

大きな声で須賀が言う。実はあたしもそう思っていたのだけれど、大袈裟《おおげさ》に感動した様子で言われてしまったので、同意する気を失った。

「母がよく作ってくれたものなんですよ」

かいがいしく、須賀の器に野菜なんかを取りわけながらおねえさんが言った。

「そうですか、おかあさんが」

「日出男も私のために、よく作ってくれるんです」

「そうですか、日出男くんが」

「今日はココアちゃんが手伝ってくれたんですけど」

「そうですか、ココアちゃんが」

もう少しであたしは持っていた箸《はし》を向かいの男に投げつけそうだった。なにをそんなにあたしはいらいらしてるんだろう。

「日出男くんは、もう食べないのかい」

鍋の材料はあたしが指摘したとおり余りに余っていたが、ヒデちゃんはとっくに箸を置いていた。余っていようがなんだろうが、ヒデちゃんは自分が食べていい量しか食べないのだ。

「もうおなかいっぱいで」

にこやかにヒデちゃんは答える。

「もう少しどうですか。まだこんなにあるし」

「ええ、でもやめときます」

「じゃあ豆腐だけでも」

「しつこいよ、あんた」

おねえさんが口を開きかけたのは見ていたけど、あたしは先に発言した。

「ヒデちゃんが食事制限あるの、知ってるでしょう？　それにね、そんなのなくても、おなかいっぱいって言ってる人に強引に食べ物すすめるのって暴力だよ？　おれの酒がのめねえのかっていうのと一緒だよ？」

あたしの剣幕にその場がしんとなる。言ってしまってから後悔した。正論をふりかざしていい気になるなんて、自分が幼稚で恥ずかしくなった。こんな空気にするためにあたしはヒデちゃんにいてくれと頼まれたわけじゃないのに。

「ありがとう。ココアちゃん」

退場しようと立ち上がりかけたあたしの手をヒデちゃんがつかんだ。

「須賀さん、すみませんでした。僕がちゃんと食事のこと説明しとけばよかったんです」

「いや、あの、僕のほうこそデリカシーがなくて本当にすみませんでした。ココアちゃん座ってください。ごめんなさい」

須賀が頭を下げる。おねえさんはおたおたとみんなの顔を見回していた。ああ、あたしはもしかしたら、須賀ではなくおねえさんに腹をたてているのかもしれないと思った。一番ヒデちゃんをかばわなければならない彼女が、どちらの機嫌をとろうかおどおどしている。ちょっと前まで、弟しか見えていない人だったのに。

「じゃあ、プレゼント交換でもしましょうか」

おねえさんがやっと口にしたのはそんな言葉だった。それぞれが千円くらいのプレゼントを持ち寄って交換しあおうという、小学生でも今時やんないよというアイディアを思いついたのは須賀だった。なんだかなあもう、と思ったが、あたしよりずっと年上の大人たちが、そんな遊びで真剣に人としての関係をつくっていきたいと考えているようなので、参加しないわけにもいかない。

それぞれリボンのかかったプレゼントを手に持ったので、あたしはやけくそで「赤鼻のトナカイ」を歌いはじめた。大人たちは恥ずかしそうに歌にあわせてプレゼントをぐるぐるまわしていく。歌い終わると、それぞれ他の人のプレゼントが手の中に渡った。

あたしには須賀のプレゼントがまわってきた。ヒデちゃんの東急ハンズの包みはおねえさんに、おねえさんが昼間雑貨屋で買った雪だるま形のマウスパッド（おねえさんが決められなかったのであたしが決めてあげた）はヒデちゃんに、あたしが渋谷で買ってきたキティちゃんの腹巻きは須賀に回った。包みをあけた須賀が大笑いをしている。あたしが小さいわりにちょっと重いと感じる箱をあけると、どう見ても指輪のケースが出てきた。

「ココアちゃん、すまないけど、それは志保子さんに」

須賀の手がのびてきて、ケースをあたしから奪った。彼は中から指輪を取りだし、きょとんとしているおねえさんの左手をとって薬指にそれをはめた。きらりと石が光ったのが見えた。

「給料二ヶ月分ですみません」

おねえさんは言葉を失って、はめられた指輪を凝視していた。ヒデちゃんがうつむきかげんで眼鏡の位置を直しながら「おめでとう」と言った。

「ココアちゃんには、かわりにこれを」

再びあたしの手にリボンのついた箱が渡される。いらねえや、と言ってにやけた須賀の顔にぶつけてやりたかった。でもあたしはかろうじて「ありがとう」と呟《つぶや》いた。おねえさんは放心していて、ヒデちゃんの東急ハンズの包みを最後まで開けなかった。

その夜、ヒデちゃんとあたしはラブホテルのベッドにいた。おねえさんたちのラブモードに当てられて自分たちもその気になったというわけではなく、ヒデちゃんがどっか休めるところに行きたいと言ったのだ。女の子を連れこむ常套句《じょうとうく》のようだが、彼は本当にだるそうで、今にも道ばたに座りこんでしまいそうだった。あたしはすぐさまタクシーをとめて「一番近いホテル街」と行き先を告げた。運転手は返事をしなかったが、でも五反田のラブホテルの前に横づけしてくれた。

鍋の会のあと、ヒデちゃんが急に「ココアちゃんと散歩にいってくる」と言いだした。おねえさんたちに対して気をつかったのはわかるが、なにもヒデちゃんが寒い夜に出かけなくてもいいのに。おねえさんたちはあたふたしていただけで、ちゃんと止めてはくれなかった。さっさとフリースのジャンパーをはおって外へ出たヒデちゃんに、あたしは慌《あわ》ててついていった。彼はなにも言わずにどんどん歩いていく。横顔からはなにも読みとれない。ねえねえ、お茶でも飲もうよ、寒いよ、ヒデちゃん風邪ひいちゃうよ、ねえねえ、怒ってるの、とあたしがまとわりついてもただ前を見ているだけだった。腕をからめても振りほどかれはしなかったし、あたしがついていけない速度で歩いているわけでもなかったので、仕方なく夜の散歩につきあうことにした。だんだん彼の歩く速度が遅くなり、やがて立ち止まった。ヒデちゃんの顔が上からおりてきて、くちびるをかすっただけみたいなキスをされた。そのとたん、彼は休みたいと言いだしたのだ。

ホテルの部屋はうすら寒くて乾燥していたので、風邪をひかせてはいけない一心でヒデちゃんを半ば強引にお風呂《ふろ》に入れた。ほかほかになってホテルの変な浴衣《ゆかた》姿で現れた彼をベッドにつっこみ、あたしもTシャツ一枚になって隣に入った。彼の頭を胸にぎゅうと抱き、どうかヒデちゃんが風邪菌を吸いこまないようにと願った。そして、おねえさんの馬鹿《ばか》、と何度も思った。心配して電話くらいかけてくればいいのに、ガラステーブルの上に置かれたヒデちゃんの携帯には着信の一本もなかった。

「あったかい。寝ちゃいそうだ」

くぐもった声でヒデちゃんが言う。

「寝ていいよ。どうせなら朝までいようよ」

「金もってきてない」

「まかせて。仕送りきたばっかりだから」

「あそこが立たない」

「まかせて。立たせてあげるから」

くくく、と彼は身をよじるようにして笑った。ヒデちゃんの下半身は、過去あたしが何度か努力したが、そういう状態になったことがなかった。医者には精神的なものだと言われているそうだ。あたしの目には彼本人がそのことについて悩んでいるようには見えない。

最初の頃、あたしの魅力や技術がたりないのだわ、と悩んだりしてみたものだが、今はもう、こうしてヒデちゃんの生っちろい肌に触れ、一緒にベッドに入っているだけでうれしいという境地にきている。いやいや、ちがうな。ほんとうのところは、あたしはセックスのよろこびなんてまだ全然知らないのだと思う。その証拠に、こんなにも安心して男の人と抱きあっていられる。あたしはちゃんとした恋愛なんかしたくなくて、ただ人肌にくっついていたいだけの子供なのだ。そんなあたしにとってヒデちゃんは都合がよくて、だからあたしはヒデちゃんが好きなのだろうか。ヒデちゃんが突然ぎらぎらして、あたしを自分のものだけにして、籍も入れて、浮気したらぶん殴るぞみたいなふうになったら、あたしはそれでもヒデちゃんが好きだろうか。

「それにしても、給料二ヶ月分かあ」

ぽそりとヒデちゃんが呟いた。

「結婚するって決めてたなら、鍋《なべ》の前にそう言ってくれたらよかったのに」

「うん。僕も今朝聞いたから」

「だから出かけてたの？」

「落ち着こうと思って、山手線にのってぐるぐるまわってた。志保子ちゃんが本当にお嫁にいっちゃうんだと思うと、やっぱり動揺した」

「結婚しても、いなくなるわけじゃないでしょ」

「うん」

あたしはシーツの中でヒデちゃんに足をからめた。ヒデちゃんのすね毛があたしは好きだ。そのざりざりした感触は、生きている男の人のものだから。

「僕の母親はさ、結婚に向いてない人だったと思うんだ」

唐突に彼はそんなことを言った。

「父親のたった一回の浮気を許せなかったんだって。僕が母親のおなかにいたときに、ちょっとだけ若い女の人とつきあってたみたいで」

「へええ」

「これから赤ん坊が産まれるっていうのに、まわりが宥《なだ》めすかしてもきかなくって離婚してさ、慰謝料も養育費もいらないから私の人生から出てってって啖呵《たんか》切ったらしい。志保子ちゃんはいい迷惑だったと思うな、僕のこと育てるはめになって」

乾いた笑い声をヒデちゃんはたてた。

「迷惑だなんて思ってるわけないじゃん」

「うん、知ってる。ごめん」

ヒデちゃんはあたしの胸に顔を押しつけ、何か小さく言った。

「ネロリのせいだ」

「え？　ネロリ？」

「あのアロマオイル。催淫《さいいん》作用があるらしい。志保子ちゃんは男が好きじゃないのかと思ってたのに」

最近、ヒデちゃんの家によく匂《にお》っている香りがある。おねえさんがアロマテラピーにこっているのだと聞いていたけど、そのことだろうか。

「サイインってなに？」

「なんでもない」

どちらからともなくキスをしたあと、ヒデちゃんはもう何も言わなくなった。ふたりともうつらうつらしはじめる。

あたしは目を閉じて祈った。もうこのままでいさせてください、神様。これ以上なにも与えたりとりあげたりしないでください。ありふれた言葉ではありますが、時間をとめてくださいい神様。あたしたちはいま、とろとろにあったかいです。やがて起きなくちゃならない時間がやってくる。おねえさんの結婚を受けいれて、それでも生きていく努力をしなくちゃならない現実がヒデちゃんを待っている。少しのあいだだけ、忘れさせてください神様。

ねむりのふちに手がとどきかけたとき、湖の底みたいな静けさをやぶって携帯の着信音が響いた。ぐっすりねむっているように見えたあたしの王子さまは、くっきりと瞼《まぶた》をあけた。躊躇《ちゅうちょ》なく起きあがって電話に出たヒデちゃんは、心配しないで、もう少ししたら帰るから、とやわらかい声で応《こた》えていた。


年が明けてすぐ、私は須賀さんのお母様に会った。

きゅっと小さく肌の若々しいご婦人で、高価そうな紬《つむぎ》を着ていた。待ち合わせのホテルのティールームに先に来ていて、私がきょろきょろしていると立ち上がって会釈《えしゃく》をよこした。私は自分でも驚くほど落ち着いて、婦人の前に腰をおろした。今朝、早い時間に私はこの人からの電話をとったのだった。

お母様はまず、突然呼び出したことと、私の家の電話番号を調べたことを詫《わ》びた。非礼を詫びてはいたが、それは挨拶《あいさつ》以上でも以下でもなかった。

私は電話でお母様の声を聞いたときに、予感というよりも確信に近いものを感じた。どうしてか察しがついてしまった。去年の春、社長から引退を告げられたときのように、何か私にすべきことが——あるいはすべきでないことが——あることが手にとるようにわかったのだった。不思議に逃げ出したい気持ちにはならなかった。

「息子がのぼせ上がっているようなので、どうにも見かねまして」

そんなことを口にして後れ毛に手をやったときだけ、婦人は少し下品な感じがした。けれど、あとは終始一貫まっすぐ私を見ていた。私は頂いた名刺を紅茶茶碗《ぢゃわん》の横に置き、なるべく視線をそこに落としていた。それは秘書時代の知恵だった。気の立っている人の話をきくときは、うなだれているように見えた方がいい。要所要所でちゃんと返事をすればいいと。

「失礼を承知ではっきり申し上げに来ました」

私は名刺の肩書きを見つめる。そこには女将《おかみ》と書いてあった。

「長男の嫁には跡継ぎを産んでいただかなくてはなりません」

「はい」

「裕一郎は親と縁をきってあなたと結婚すると言っていますが、そんな事はさせません。あなたのお気持ちを聞きにきたのでもありません。私は言いたいことを言いにきただけです。ですから何も仰《おっしゃ》らないで」

須賀さんはまだ正月休みで、北陸の故郷から戻っていない。もしかしたら、お母様は息子から私のことを聞いて矢も盾もたまらず飛んできたのかもしれなかった。

「小さくても四代続いている旅館です。たかが四代かもしれません。たかが旅館かもしれません。ですが、わたくしが生きているうちに人手に渡すわけにはいかないのです。おわかりになりますか」

「はい」

「長年贔屓《ひいき》にしてくださっているお客様や従業員のためにも、わたくしはそれを未来に繋《つな》げる義務があります。そのために生きてきました。そのことを、あなたにお伝えしなければと思ってやって来ました」

ホテルの正面玄関にはまだ大きな門松があった。老舗《しにせ》旅館ならば、女将が留守にしていい時期ではないだろう。きっとこの方はそれでもやって来たのだ。それほど重大なことなのだ。

そこまで言うと、お母様は大きく息を吐いた。言うべきことを言い切って緊張の糸が切れたのかもしれない。つり上がっていた目尻《めじり》がゆるみ、青白く燃えるようだった顔に赤みがさして優しい表情になった。普段はきっとこんな人なのだろうと思った。

「そんな大切な事情を、存じ上げないですみませんでした」

「いいえ、謝らないでください。息子が言わなかったに違いありません。あの子は昔から気が弱くて、わたくしがこんなだから肝心なことはこわくて言えないらしいのよ」

私は微笑《ほほえ》んで頷《うなず》いた。須賀さんの子供時代が想像できるようだ。母親が世界の中心にいた、あの感じ。私にも身に覚えがある。

「正月早々、さぞご気分を害したでしょうね。ごめんなさいね。聞いてくださって本当にありがとう」

お母様は懐中時計をちらりと見て、テーブルの伝票を手に立ち上がった。

「あの、これを」

私はバッグの中から包みを出して差し出した。持ってきて正解だった。今渡さなければタイミングを逸してしまうかもしれなかった。お母様は不思議な顔をしながら受け取る。

「須賀さんからお預かりしている物です。渡して頂けますでしょうか」

「いいですけど、なんでしょう」

「指輪です」

婦人はずいぶんと驚いた顔をして、私を見つめた。

「わたくしが言うことじゃないけど、そんなすぐに結論を出していいの？」

どう返答していいかわからなくて立っていると、お母様の方から切り上げた。

「親馬鹿と思いますか、鬼と思いますか」

「いいえ」

「息子に渡します。お元気で」

婦人の後ろ姿を見送ってから、私もホテルをあとにした。街の中を駅に向かって歩き出す。歩道橋を渡っていたときに、空から白いものが落ちてきたことに気がついて立ち止まった。見上げるとみぞれまじりの雪だった。ほてった顔に冷たいみぞれが心地よくて、顔を空に向けてしばらく立っていた。

ああ、私はやっぱり驚いているのだな。じんわりと頭にそんな感情が広がっていく。わかっていたことを聞かされてもみぞおちが痛むのだと、去年やっぱり思ったんだった。

振り返れば、なんだかずっとこんなふうになるような気がしていた。どうしてだか、須賀さんと家族になるという未来がうまく思い描けなかった。

須賀さんは決して私を騙《だま》そうなんて思っていたわけではなく、本当に言えなかったのだろう。あの老舗旅館を背負うお母様にも、病弱な弟を抱える私にも。でも、彼はお母様にやっと私のことを告げたのだ。家を出る覚悟をして。自分一人で覚悟をして。私に何も言わないで。

長かったように感じたのに考えてみれば数ヶ月の短い交際だった。あんなに長く勤めた会社のことを、今はもうほとんど考えないように、あっという間に私は須賀さんの顔を忘れつつあった。

年末にあの子が入院をした。私の留守中に四十度近い高熱を出し、ココアちゃんが救急車を呼んでくれて、そのまま入院することになった。もう熱は落ち着いたけれど、むくみや体力の消耗が激しいので、正月中は病院に居た方が安全だろうということになったのだ。

早く病院に戻らなくては、と私は思った。あの子のところへ行かなくては。そう思ったのになかなか足が動かない。

あと五分だけ、ここで街を眺めていよう。歩道橋の下をゆきかう車や、傘に埋まる舗道がにじんで見える。あと五分もすれば、頬に伝うあたたかい滴《しずく》も冷えるだろう。

ふと気がつくと首に巻いた煉瓦色《れんがいろ》のマフラーが白くなっていることに気がついた。コートにも髪にも雪がうすく積もっている。街は青みを帯びて夜に向かいはじめていた。私は震える足を動かして駅へと向かった。今にも消えてしまいそうな胸の灯りを両腕でかばうようにして。




おねえさんはそれから、須賀からの電話に一度も出なかったし、送られてきた手紙も読まずに捨てたそうだ。家にも何度かやってきたらしいけど、ヒデちゃんが入院中でおねえさんは看病でつきっきりだったから、結局は会って話をすることもなかったらしい。

須賀はあんがい簡単におねえさんをあきらめた。あきらめんなよ、もっと頑張れよ、と彼のことがきらいだったのにあたしは思った。おねえさんがあまり語りたがらなかったので、ヒデちゃんも事の顚末《てんまつ》をそんなに詳しくは知らないみたいだった。須賀が老舗旅館の息子だったというのはわかったけれど、それでどうして簡単に結婚が破談になるのか、子供のあたしにはよくわからない。だって須賀は旅館を継がずにおねえさんと結婚するって言ってたんでしょ。それでいいじゃん。なにが問題なのさって話よ。ふたりとも親に反対されたからって結婚をやめる歳《とし》でもないんじゃないの。

　でも、あたしがそうしてヤキモキしたって、もうすっかりその話はおねえさんの中では終わっているらしかった。ヒデちゃんが退院して落ち着くと、おねえさんは近所のスーパーでレジ打ちのパートをしながら就職活動をはじめたそうだ。まだ彼女の歳なら、正社員は難しくても契約社員ならいい職があるかもしれないとハローワークの人に励まされたと言っていた。

　さっきから「らしい」とか「そうだ」とかあたしが言っているのは、全部ヒデちゃんから電話とメールで聞いた話だからだ。

　あたしは今、郡山の実家でなんというか自粛しているのだ。年末にヒデちゃんが入院してしまったので（風邪をひかせたのは自分の責任だと思っていたし）あたしはお正月も東京にいる気でいた。でもママから何度も電話がかかってきて「おじいちゃんもそろそろ危ないから一度帰ってきなさい」と言われ、しぶしぶ大晦日《おおみそか》に帰ったら、ママから大目玉をくらわされたのだ。学校に全然通っていないことと、勝手に自分のアパートを解約して先輩と同棲《どうせい》していたことまでバレていた。友達のあいだでは周知の事実だったので、どこからか漏れたらしい。あちゃー、と思っていたら、先輩のDVまで伝わっていたみたいで、ママは怒りながらも涙ぐんでいた。どれだけ心配したかと言われて、あたしは反省してうなだれた。深く反省はしたが本気で心配されてうれしくもあった。

そして、おじいちゃんが危ない、というのもあながち口実だったわけではなかった。足が悪く、数年前から家で寝たきりの生活を続けているおじいちゃんが、枯れ木のように痩《や》せてほとんど口をきかなくなっていた。もう平均寿命を軽く越えてちょっとぼけてはいたけれど、口の達者なじいさんだったのに。あたしはリビングにどんと設置された、介護用ベッドの傍らに座って、おじいちゃんの手をさすってみた。まったく反応がない。もう死んでるんじゃないかと思うくらい静かに眠っている。

おじいちゃんはおばあちゃんに先立たれたあと一人暮らしをしていた。転んで足を折って入院して、そのあとママが自分は一人娘だからと言ってうちで引き取ることになった。それでママは長年勤めていた会社を辞めて、おじいちゃんの介護をはじめたのだ。パパは表面上はいやがらなかったけれど、そんなには協力的じゃなかった。ママひとりですべて出来るわけではないので、うちには常にヘルパーさんや地域のボランティアの人とかがいるようになって、余計家が落ち着かない場所になり、パパも妹もあたしもなんとなく家に帰るのを避けるようになってしまった。仲がいい家族だったのがうそみたいによそよそしくなった。家族の絆《きずな》を強くしなければならない場面だったのに、あたしたちは目をそらして逃げてしまっていた。ママに全部押しつけて。もうすぐ、この人死ぬんだな。あたしはそんなに感慨もなく思った。触れた手を揺すってみる。

「おじいちゃん、起きてよ。死ぬ前にあたしの話、聞いてよ」

大きなシミのあるこめかみのあたりが、かすかにぴくりと動いた。

「おじいちゃんが心配してた、可哀相な子供たちは、別に可哀相でも惨《みじ》めでもなかったよ」

おじいちゃんがこの家にやって来てしばらくして、あたしは内緒でおじいちゃんから遺書の保管を頼まれた。ママが部屋を掃除するとき、あたしが車椅子《くるまいす》を押しておじいちゃんと散歩に出ることが多くて、そのときにこっそり渡されたのだ。どうしてママたちに渡さないのかと聞いたら、自分の財産をママ以外の子供に譲りたいからそう書いてあるとおじいちゃんは言った。おじいちゃんは、最初の結婚で妻と子供を傷つけ、養育費もろくに払わずにきてしまったとあたしに話してくれた。おじいちゃんに前妻さんとその子供がいることは初耳だった。驚きながらも、自分の浮気が悪いんじゃん、と思ったが、まあ年寄りの頼みなのであたしは自分の机の鍵《かぎ》のかかる引き出しにしまった。しまったのは本当だけれど、中に何が書いてあるか見てみたいという誘惑に勝てず、そっと封書の糊《のり》をはがしてみたのだ。そこに姉弟の名前と住所が書いてあった。そしておじいちゃん名義の不動産を全部譲り渡すようなことも書いてあった。おじいちゃんはてっぺんに鎮守様が立っているような山をひとつ持っている。それがいくらになるか知らないが、とにかくあたしはびっくりした。同時に、なんだか腹がたった。毎日おじいちゃんの面倒をみているのはママだし、そのせいであたし達家族ははばらばらになった。なのに、死んだら知らない人たちにお金を渡すなんて納得いかない。そんなふうに、高校生だったあたしはおじいちゃんを悪者に仕立てたくてしかたなかったのだ。

あたしは東京の学校に進学したので、さっそくその住所に行ってみた。椨崎姉弟は本当にそこに住んでいて、どうやら弟のほうは無職で体調が悪いようだった。本人たちと接触しようとまでは思っていなかったけれど、先輩に殴られて病院に行こうとしたとき、ヒデちゃんが通っていた病院がまず頭に浮かんだのは確かだ。声をかけてきたのはヒデちゃんのほうだった。ヒデちゃんはあたしの名前に心あたりがあったのかもしれない。

うちにも昔からSWISS MISSのココアがあるし、心が温まる、と命名したのはおじいちゃんだとママから聞いていた。

あたしはずっと、おじいちゃんの遺書を焼いてしまおうと思っていた。お金のことよりも、そんな遺書があることがわかったらママの苦労が報われないし、ママが傷つくに違いない。遺書はただ書きなぐってあってぽんとひとつ判子が押してあるだけだったから、弁護士が控えを持ってるなんてことはなさそうだった。だからあたしが始末してしまおうと思っていた。

「だめだよ、おじいちゃん。死んでからじゃなんにも伝わらないよ。お金じゃ気持ちは伝わらないよ」

おねえさんとヒデちゃんが、遺産を受けとるかどうかはわからない。あたしが後悔していることは、おじいちゃんが意識があるうちに彼らを訪ねたことを話さなかったことだ。会えなくても彼らの様子を聞かせてあげればよかった。

玄関の物音に、あたしはおじいちゃんを揺するのをやめて顔を上げた。

「ただいまー」

もこもこに着ぶくれした妹が帰ってきて、大判の封筒をこちらに差しだした。

「ココアちゃんになんか郵便きてたよ。ええと、栄養専門学校？」

「パンフレット取りよせたんだ」

「ふうん。違う学校行くんだ？」

「パパが行かせてくれるって言ったらね」

制服のコートを脱ぎながら、妹はおじいちゃんを覗《のぞ》きこむ。

「寝てるねえ」

「うん。寝てばっかだよ」

「まあ、おねえちゃんが帰ってきてくれて、ママ助かるって言って喜んでるよ」

もしあたしがヒデちゃんのそばにこれからもずっといたいのなら、こうやっておねえさんの面倒もみる日がくるのかもしれないな。考えてみたこともなかったけど、そうなってもヒデちゃんのためならちっとも構わないと思った。

そのために、未来のために、今はちょっとくらい会えないのを我慢しなくちゃならない。ちゃんと勉強して、働いて、大人にならないといけない。

人生がきらきらしないように、明日に期待しないように生きている彼らに、いつか、なくてはならない期待の星になるために。心を温める名前のあたしが。

# 文庫版あとがき

この本は上梓《じょうし》するのにやや時間がかかった。というのは、本書に収録されている三編の中編のうち、一編目の「アカペラ」を書いたあと、私は病気で約六年、小説を書く仕事を休むことになったからだ。

「アカペラ」は、二〇〇一年に直木賞を頂いて、その受賞第一作として書いたものだ。少女小説出身の私はその反動で、一般文芸に転向してから十代の少女を語り手としたものを意識して書かないようにしていた。だが大きな区切りを頂くことができたので、そろそろ原点に立ち返り、また十代の女の子の一人称を書いてもいいような気がしたのだ。プロットも少女小説時代に作ったものに肉付けした。

「ソリチュード」は、二〇〇七年、復帰作として書いた。千葉県の銚子《ちょうし》へ、一泊二日の取材旅行に連れて行って頂き書いたものだ。私はあまり取材旅行に出かけることはないのだが（行かないわけではなく、個人旅行としてこっそり行く）、このときは何故《なぜ》か編集の方と一緒に行きたいという気持ちになった。

町のあちこちににょきにょき立つ風車も、泊まった温泉も、原稿には反映されなかったが長閑《のどか》な銚子電鉄も、何を見ても新鮮で瑞々《みずみず》しかった。しかしこの取材で一番の思い出は、編集者が運転するレンタカーが豪雨の中、キャベツ畑に脱輪してつっこみ、レッカー車が来るまでの数時間、立ち往生して途方に暮れたことだった。この話を読み返すと、ぬかるみにはまった車と、ずぶぬれになって泥だらけで震えた、あの夕暮れの時間を思い出す。最初は大笑いで、そのうちだんだん深刻になってゆき、やっと助けてもらえた時の物凄《ものすご》い安堵《あんど》。その気持ちのグラデーションをたぶん私は一生忘れない。助かってよかった。

「ネロリ」は、その翌年の二〇〇八年に書いた。けれど、どんな状況で書いたかよく覚えていない。覚えていないということは、自分の中で小説を書くという行為がそう特別なことでなく、日常に馴染《なじ》んできたからだと思う。

この三編の小説はどれも、昭和の中頃に建てられた、狭い和室に仏壇があるような、そんな一戸建てが舞台となっている。何代も続く立派な家ではなく、そう遠くない将来、取り壊しになる運命の安普請《やすぶしん》の家である。私はそういう家で育った。私にとってその実家がどんな雰囲気であったかを書いて残しておきたかったのかもしれない。

これまで私は、長編か短編しか書いてこなかったが、この三篇の小説で、中編を書くことの楽しさを知った。またこのくらいの長さの小説を書いてみたいと思う。

休養中、今の日本で職業作家として生きてゆくには致命的なブランクかもしれないとうな垂れ、廃業を覚悟した瞬間もあったのだが、今振り返ってみると、それほど大《おお》袈裟《げさ》なものでもなかったなと感じる。もともと筆は遅いので、休まなかったとしてもそれほどの違いはなかっただろう。

しかしそんなふうに感じることができるのは、私の名前を忘れずにいて下さった方が沢山いてくれたからだと有難く思う。

読んで下さった全ての方に感謝致します。

二〇一一年　夏

山本文緒

初出

| | |
|---|---|
| アカペラ | 「別冊文藝春秋」2002年1月号 |
| ソリチュード | 「yom yom」2007年10月 vol.4 |
| ネロリ | 「yom yom」2008年3月 vol.6 |

この作品は二〇〇八年七月新潮社より刊行された。

唯川恵著
100万回の言い訳
恋愛すると結婚したくなり、結婚すると恋愛したくなる――。離れて、恋をして、再び問う夫婦の意味。愛に悩むあなたのための小説。

唯川恵著
恋せども、愛せども
会社員の姉と脚本家志望の妹。郷里の金沢に帰省した二人は、祖母と母の突然の結婚話に驚かされて――。三世代が織りなす恋愛長編。

唯川恵著
22歳、季節がひとつ過ぎてゆく
征子、早穂、絵里子は22歳の親友同士。だが絵里子の婚約を機に、三人の関係に変化が訪れる――。恋に友情に揺れる女の子の物語。

唯川恵著
とける、とろける
彼となら、私はどんな淫らなことだってできる――果てしない欲望と快楽に堕ちていく女たちを描く、著者初めての官能恋愛小説集。

唯川恵著
ため息の時間
男はいつも、女にしてやられる――。裏切られても、傷つけられても、性懲りもなく惹かれあってしまう男と女のための恋愛小説集。

唯川恵著
いっそ悪女で生きてみる
欲しいものは必ず手に入れる。この世で一番好きなのは自分自身。そんな女を目指してみませんか？　恋愛に活かせる悪女入門。

角田光代著

キッドナップ・ツアー

産経児童出版文化賞・路傍の石文学賞受賞

私はおとうさんにユウカイ(=キッドナップ)された！　だらしなくて情けない父親とクールな女の子ハルの、ひと夏のユウカイ旅行。

角田光代著

真昼の花

私はまだ帰らない、帰りたくない――。アジアを漂流するバックパッカーの癒しえぬ孤独を描いた表題作ほか「地上八階の海」を収録。

角田光代著

おやすみ、こわい夢を見ないように

もう、あいつは、いなくなれ……。いじめ、不倫、逆恨み。理不尽な仕打ちに心を壊された人々。残酷な「いま」を刻んだ7つのドラマ。

角田光代著

さがしもの

「おばあちゃん、幽霊になってもこれが読みたかったの？」運命を変え、世界につながる小さな魔法「本」への愛にあふれた短編集。

角田光代著

しあわせのねだん

私たちはお金を使うとき、べつのものも確実に手に入れている。家計簿名人のカクタさんがサイフの中身を大公開してお金の謎に迫る。

角田光代著

予定日はジミー・ペイジ

妊娠したのに、うれしくない。私って、母性欠落？　運命の日はジミー・ペイジの誕生日。だめ妊婦かもしれない〈私〉のマタニティ小説。

江國香織著

# すいかの匂い

バニラアイスの木べらの味、おはじきの音、すいかの匂い。無防備に心に織りこまれてしまった事ども。11人の少女の、夏の記憶の物語。

江國香織著

# ぼくの小鳥ちゃん

路傍の石文学賞受賞

雪の朝、ぼくの部屋に小鳥ちゃんが舞いこんだ。ぼくの彼女をちょっと意識している小鳥ちゃん。少し切なくて幸福な、冬の日々の物語。

江國香織著

# 神様のボート

消えたパパを待って、あたしとママはずっと旅がらす…。恋愛の静かな狂気に囚われた母と、その傍らで成長していく娘の遥かな物語。

江國香織著

# 東京タワー

恋はするものじゃなくて、おちるもの――。いつか、きっと、突然に……。東京タワーが見える街で繰り広げられる狂おしい恋愛模様。

江國香織著

# 号泣する準備はできていた

直木賞受賞

孤独を真正面から引き受け、女たちは少しでも前進しようと静かに歩き続ける。いつか号泣するとわかっていても。直木賞受賞短篇集。

江國香織著

# ぬるい眠り

恋人と別れた痛手に押し潰されそうだった。大学の夏休み、雛子は終わった恋を埋葬した。表題作など全9編を収録した文庫オリジナル。

吉本ばなな著

**とかげ**

私のプロポーズに対して、長い沈黙の後とかげは言った。「秘密があるの」。ゆるやかな癒しの時間が流れる6編のショート・ストーリー。

吉本ばなな著

**キッチン**

海燕新人文学賞受賞

淋しさと優しさの交錯の中で、世界が不思議な調和にみちている——〈世界の吉本ばなな〉のすべてはここから始まった。定本決定版！

吉本ばなな著

**アムリタ**（上・下）

会いたい、すべての美しい瞬間に。感謝したい、今ここに存在していることに。清冽でせつない、吉本ばななの記念碑的長編。

吉本ばなな著

**うたかた**
**サンクチュアリ**

人を好きになることはほんとうにかなしい——運命的な出会いと恋、その希望と光を瑞々しく静謐に描いた珠玉の中編二作品。

吉本ばなな著

**白河夜船**

夜の底でしか愛し合えない私とあなた——生きてゆくことの苦しさを「夜」に投影し、愛することのせつなさを描いた〝眠り三部作〟。

よしもとばなな著

**みずうみ**

深い傷を心に抱えた中島くんと、ママを亡くした私に、湖畔の一軒家は静かに呼びかける。損なわれた魂の再生を描く奇跡の物語。

小川洋子著
# 薬指の標本
標本室で働くわたしが、彼にプレゼントされた靴はあまりにもぴったりで……。恋愛の痛みと恍惚を透明感漂う文章で描く珠玉の二篇。

小川洋子著
# まぶた
15歳のわたしが男の部屋で感じる奇妙な視線の持ち主は？　現実と悪夢の間を揺れ動く不思議なリアリティで、読者の心をつかむ8編。

小川洋子著
# 博士の愛した数式
本屋大賞・読売文学賞受賞
80分しか記憶が続かない数学者と、家政婦とその息子――第1回本屋大賞に輝く、あまりに切なく暖かい奇跡の物語。待望の文庫化！

小川洋子著
# 海
「今は失われてしまった何か」への尽きない愛情を表す小川洋子の真髄。静謐で妖しく、ちょっと奇妙な七編。著者インタビュー併録。

小川洋子著
# 博士の本棚
『アンネの日記』に触発され作家を志した著者の、本への愛情がひしひしと伝わるエッセイ集。他に『博士の愛した数式』誕生秘話等。

小川洋子
河合隼雄著
# 生きるとは、自分の物語をつくること
『博士の愛した数式』の主人公たちのように、臨床心理学者と作家に「魂のルート」が開かれた。奇跡のように実現した、最後の対話。

林 真理子著

**素晴らしき家族旅行**

ひと回り年上の妻を連れ、実家で同居を始めたら、さあ大変！ 菊池家の仰天ドタバタ騒動を鋭く描く、笑いあり涙ありの大家族小説。

林 真理子著

**花 探 し**

男に磨き上げられた愛人のプロ・舞衣子が求める新しい「男」とは。一流レストラン、秘密の館、ホテルで繰り広げられる官能と欲望の宴。

林 真理子著

**知りたがりやの猫**

猫は見つめていた。飼い主の不倫の恋も、新たな幸せも——。官能や嫉妬、諦念に憎悪。女のあらゆる感情が溢れだす11の恋愛短編集。

林 真理子著

**アッコちゃんの時代**

若さと美貌で、金持ちや有名人を次々に虜にし、伝説となった女。日本が最も華やかだった時代を背景に展開する煌びやかな恋愛小説。

井上荒野著

**誰よりも美しい妻**

高名なヴァイオリニストと美しい妻を中心に愛の輪舞がはじまる。恍惚と不安、愛と孤独のあわいをゆるやかにめぐって。恋愛長編。

井上荒野著

**切 羽 へ**

直木賞受賞

どうしようもなく別の男に惹かれていく、夫を深く愛しながらも……。直木賞を受賞した繊細で官能的な大人のための傑作恋愛長編。

梨木香歩著

## 裏庭

児童文学ファンタジー大賞受賞

荒れはてた洋館の、秘密の裏庭で声を聞いた――教えよう、君に。そして少女の孤独な魂は、冒険へと旅立った。自分に出会うために。

梨木香歩著

## 西の魔女が死んだ

学校に足が向かなくなった少女が、大好きな祖母から受けた魔女の手ほどき。何事も自分で決めるのが、魔女修行の肝心かなめで……。

梨木香歩著

## からくりからくさ

祖母が暮らした古い家。糸を染め、機を織る、静かで、けれどもたしかな実感に満ちた日々。生命を支える新しい絆を心に深く伝える物語。

梨木香歩著

## 家守綺譚

百年少し前、亡き友の古い家に住む作家の日常にこぼれ出る豊穣な気配……天地の精や植物と作家をめぐる、不思議に懐かしい29章。

梨木香歩著

## ぐるりのこと

日常を丁寧に生きて、今いる場所から、一歩一歩確かめながら考えていく。世界《ぐるり》と心通わせて、物語へと向かう強い想いを綴る。

梨木香歩著

## 沼地のある森を抜けて

紫式部文学賞受賞

はじまりは、「ぬかどこ」だった……。あらゆる命に仕込まれた可能性への夢。人間の生の営みの不可思議。命の繋がりを伝える長編。

三浦しをん著

格闘する者に○《まる》

漫画編集者になりたい——就職戦線で知る、世間の荒波と仰天の実態。妄想力全開で描く格闘の日々。才気あふれる小説デビュー作。

三浦しをん著

しをんのしおり

気分は乙女？　妄想は炸裂！　色恋だけじゃ、ものたりない！　なぜだかおかしな日常がドラマチックに展開する、ミラクルエッセイ。

三浦しをん著

秘密の花園

それぞれに「秘めごと」を抱える三人の女子高生。「私」が求めたことは——痛みを知ってなお輝く強靭な魂を描く、記念碑的青春小説。

三浦しをん著

私が語りはじめた彼は

大学教授・村川融をめぐる女、男、妻、娘、息子……それぞれの「私」は彼に何を求めたのか。人間関係の危うさをあぶり出す、連作長編。

三浦しをん著

風が強く吹いている

目指せ、箱根駅伝。風を感じながら、たすき繋いで、走り抜け！「速く」ではなく「強く」——純度100パーセントの疾走青春小説。

三浦しをん著

きみはポラリス

すべての恋愛は、普通じゃない——誰かを強く大切に思うとき放たれる、宇宙にただひとつの特別な光。最強の恋愛小説短編集。

# アカペラ

新潮文庫　や－66－1

平成二十三年八月一日発行

著者　山《やま》本《もと》文《ふみ》緒《お》

発行者　佐藤隆信

発行所　株式会社　新潮社

郵便番号　一六二―八七一一
東京都新宿区矢来町七一
電話　編集部（〇三）三二六六―五四四〇
　　　読者係（〇三）三二六六―五一一一
http://www.shinchosha.co.jp

価格はカバーに表示してあります。

乱丁・落丁本は、ご面倒ですが小社読者係宛ご送付ください。送料小社負担にてお取替えいたします。

印刷・大日本印刷株式会社　製本・憲専堂製本株式会社



ISBN978-4-10-136061-4 C0193